AF392241

Tusitala.
Los hombres de mi vida

Rossana Judith Pérez Fernández

Tusitala.
Los hombres de mi vida

EDITORIAL
LETRA MINÚSCULA

Dedicado a los hombres de mi vida:

Darío, compañero de viaje.

Santiago, discípulo y maestro.

Emilio, amigo luna.

Daniel, amor.

Fabián, hermano alma.

Domingo, mi tusitala.

Agradecimientos

A Laura Villalba, por todo siempre, mi correctora
y crítica preferida.

A Patricia Villalba, por creer en mí.

A Axel, Agustín, Lucía, Daniela, Victor, Pablo, Diego, Lau,
Federico, Santiago, Mayte.

A José Carlos y Mirtha.

A todas las mujeres de todas partes, por su lucha diaria
contra las injusticias y contra el silencio.

Advertencia: algunas historias contienen acontecimientos descritos de manera tan explícita que podrían hacer
sentir mal a quien sienta que las mujeres no tienen dere-
cho a hablar de sexo.

Puedes acompañar la lectura de este libro escuchando esta lista de Spotify:

Índice

1. Trampas

Desde pequeña lo que más me hacía enojar era que alguien hiciera trampas cuando jugábamos, al punto de que, ante la primera ya dejaba de ser mi amigo o amiga. Sentía las trampas como traición. Supongo que esta es una de las herramientas de supervivencia que nunca me enseñaron a entender: no todo el mundo juega limpio. Podía darme cuenta de que alguien hacía trampa porque todo lo vivía como un juego, costumbre que conservo hasta la fecha, y como gustaba tanto de jugar, me sabía siempre las reglas y prestaba especial atención en que, quien jugaba conmigo las cumpliera. Por esto mismo, aquel cantador enamorado de mí, Nacho, es alguien a quien recuerdo con gran cariño, él no me hizo trampas, jugó limpio, hasta que el juego solo terminó.

La vida toda, y lo que sucede en su transcurso, es un juego para mí. Juegos de roles, juegos de mesa, juegos de habitación, juegos de lógica, juegos físicos, juegos de lenguaje y algún juego de muñecas. Creo que esta forma de ver las cosas me ha resultado bastante útil, dado que la finalidad es siempre divertirme y hacer que otros se diviertan. No tengo más pretensión que jugar.

En el fondo creo que todos estamos jugando pero que la vida puede ser muy dura para quien no lo sabe, porque a menudo no logra lidiar con los finales, o se ocupa de pensar en ganar e inventa —o se inventa— jodidas trampas que echan a perder la diversión. Lo pienso en todos los aspectos de la vida, incluso en relación a la muerte. Cuando alguien muere, para mí, solo salió del juego, no vale culparlo por eso ni enojarse. Si ya no estamos en el juego, el juego sigue, nadie es tan importante como para que se detenga.

En esta construcción lúdica de mi historia de vida, también he elaborado mis propias explicaciones sobre las historias de los demás. Estamos jugando, siempre estuvimos jugando. Eso no quiere decir que las personas que, por alguna razón, se encuentran conmigo, me consideren una mujer poco seria, por el contrario, muchas me piensan como la más seria de todas, porque, a decir verdad, me tomo bastante a pecho cualquier juego en el que participe, me implico completamente. Será que no desarrollé, tampoco, miedo a perder.

Casi no me molesta nada de nadie, solo las trampas. Las trampas me despiertan un instinto que, en ocasiones, me ha costado bastante mantener en las sombras. En este punto me acuerdo de una de las historias de

Tusitala, el original, El extraño caso del Doctor Jekyll y Mister Hyde. Tal vez todos tenemos un Mister Hyde que pretendemos ocultar en un cuarto secreto reservado solo para nosotros, o en un lienzo, como en la novela de Wilde, El retrato de Dorian Grey. Mi Mister Hyde —como todos, supongo— no es bueno, posee una moral muy frágil, si acaso la posee, y no puedo dejarlo deambular solo por las calles o entrar a las habitaciones ni a las reuniones sociales, porque a ciencia cierta, no sé lo que será capaz de hacer para que los demás entiendan que no se debe hacer trampas.

Cuando un jugador hace trampas intenta tomar un control que no le es dado, pone en jaque las seguridades, por mínimas que sean, de los otros jugadores. Ataca directamente la credulidad, la ingenuidad, la inocencia, la confianza, la imagen, es decir, abusa. No hay por qué permitirlo.

En lo que respecta a los vínculos afectivos o meramente sexuales entre las personas, los que hacen trampa no son bienvenidos, no en mis juegos. He conocido algunos tramposos, y, debo confesar, no en todas las circunstancias logré mantener al monstruo del retrato oculto en un cuarto oscuro e inaccesible, ni he logrado sostener a Mr. Hyde para que no salga disparado a arremeter a su antojo contra el objetivo. No me avergüenza. Vergüenza es hacer trampa.

2. Juan, el zorro

Cuando estaba en quinto año de escuela, tuve un maestro varón. Me pareció un tipo genial desde el principio, su aspecto era caricaturesco: alto, desmirriado, de cara chupada, una nariz enorme y fina y una sonrisa amplia que le abarcaba de lado a lado de la cara. Era un hombre muy cómico. Aparte de que nos enseñaba con gran gusto, y eso se notaba, le gustaba contarnos chistes y leernos todos los días alguna nueva aventura de Juan, el zorro de Serafín J. García. Hasta para llamarnos la atención, tenía su gracia. Cuando alguien no se comportaba según lo deseable, lo tomaba de la túnica y lo alzaba por el aire mientras le hacía prometer que ya no más, que no volvería a hacer lo que fuera que hubiera hecho. Era un buen maestro, aunque conmigo algo era distinto que con el resto.

Habíamos desarrollado un estrecho vínculo, creo que alimentado por una especie de admiración mutua, porque así como yo sentía admiración por él, él sentía admiración por mí. Siendo una niña de diez años destacaba por mi forma de escribir, de crear historias, de dibujar y de cumplir con las tareas. Apenas si me vinculaba con los compañeros de clase, porque no me gustaban sus juegos, eran violentos e incluían golpes, sacudidas, competencias. Ya a esa altura pensaba en las trampas. Me pasaba todo el recreo leyendo libros que me prestaban en la biblioteca pública por toda la semana. Gustaba de leer clásicos, no libros para niños, de hecho me parecían un insulto, aunque obviamente mis primeros encuentros con el mundo escrito habían sido a los cinco años, con cuentos infantiles. Yo leía El quijote, Corazón, Mujercitas, Moby Dick, La divina comedia, El mío Cid, El libro de la selva, los romanceros, poesía, la que fuera; ese tipo de libros eran mi afición. Todos los libros nos marcan un poco, pero uno de ellos definió mi vida; Moby Dick. Recuerdo la angustia que sentí cuando el protagonista creado por Melville alcanzó a la ballena, su vida tenía sentido por esa búsqueda. La propia obsesión por acabar con el animal era lo que lo sostenía cada día. El mundo en el que se movía, las condiciones y personas que poblaban ese mundo, eran oscuras, duras, hirientes, pero estaba la ballena, ahí esperando. Así que todo tenía sentido. ¿Por qué tuvo que encontrarla?

El maestro siempre me veía leer y a menudo se acercaba a preguntarme qué leía ahora, y de qué trataba. Me entusiasmaba bastante su curiosidad y le contaba con lujo de detalle el contenido de los libros, y sobre todo, lo que sentía. A esa altura de mi vida, leía los libros con el corazón y no con la cabeza. Aunque componía las historias y las entendía, ellas me atravesaban conmoviéndome al punto de que a veces sentía que andaba con esos sentimientos a cuesta durante varios días. Tal vez fuera fruto de la edad o de la ingenuidad o del desconocimiento pero lo que fuera que les pasara a los personajes yo lo sentía en el cuerpo. Ya a esa altura de mi vida, contaba historias también.

A medida que fue pasando el año el maestro cada vez se mostraba más cercano a mí. Me incentivó a que escribiera y leía mis incipientes obras de teatro y poemas para el resto de la clase. Me nombró como su secretaria y, a menudo, me pedía que lo ayudara cuando algún compañero o compañera se quedaba atrás en la tarea. Yo hacía todo con gusto. En varias ocasiones me miraba, en las oportunidades en que estábamos solos y me decía:

—Que injusta es la vida, si solo tuvieras a alguien que te cuidara.

Yo no entendía esa conmiseración de su parte, a esa edad, con diez años. Otras veces me decía,

—Lira, yo tendría que haber nacido treinta años después. La vida me hizo trampa.

Tampoco lo entendía.

El año fue transcurriendo y de algún modo mi vínculo con el maestro me reconfortaba, él era un hombre confiable e inteligente, además de su demostración continua de afecto hacia mí. Algunos de mis compañeros le tenían miedo, sobre todo los varones, de manera que lo que fuera que desearan hacer, que transgrediera alguna de sus reglas, lo hacían a escondidas, el maestro no debía enterarse nunca. No supe por qué, si para mí era el hombre más amable que había conocido hasta el momento. Amable, inteligente, gracioso, dedicado, lector, dibujante, atento, y sobre todo, me veía.

Cuando terminó el año, el maestro me indicó dónde trabajaba, aparte de la escuela y me pidió que fuera a verlo las veces que quisiera. Eso hice. Fui con cierta frecuencia y le llevaba mis escritos para que me dijera qué le parecían. Él también escribía poesía y las tenía preparadas para dármelas cuando yo aparecía. Esto ocurrió por varios años. Me abrazaba con fuerza al verme y conversábamos buen rato, y siempre, en algún momento de la charla, lo oía repetir que la vida le había jugado una mala pasada, que tendría que haber nacido treinta años más tarde. A medida que fui creciendo, tomaba esa frase como broma, porque ya lograba atribuirle algún tipo de significado. Poco a poco, y sin pensarlo expresamente, fui distanciando mis pasadas por su trabajo, no porque no me gustara charlar con él de literatura, sino porque la vida me tenía bastante ocupada en unas cuantas otras cosas, lidiando con mi complicada adolescencia. Pero ocasionalmente, sentía deseos de que alguien leyera lo que escribía, y me aparecía por allí, y él estaba, siempre, con su sonrisa de lado a lado de la cara.

Cuando me fui a vivir sola, con veintiún años, un día golpearon a la puerta. Yo estaba escuchando Bob Marley, disfrutando de ese pequeño trozo de libertad que había conseguido, bajé un poco el volumen, y al abrir, allí estaba el maestro. No supe cómo se enteró de que estaba en ese lugar, dado que yo no hablaba de otra cosa que no fuera de letras con él, nunca de mis planes de vida corriente, además de que ya hacía más de dos años que no lo veía. En el medio, fui y vine, volví a ir y volví a venir, por diferentes sitios y por diferentes juegos. Jugué bastante en esos dos años en los que no lo había ido a ver.

Lo cierto es que me alegré al verlo, pero en forma casi inmediata en que abrí la puerta, el hombre se abalanzó sobre mí y me dio un beso en la boca. Lo aparté rápidamente de forma instintiva y aun no sé cómo no lo golpeé. Creo que fue porque era el maestro.

—¿Qué hace, maestro? —le dije restregándome los labios

—Esperé toda la vida este momento.

—¿Qué dice? ¿Qué le pasa?

—Déjame pasar y escúchame.

—En realidad, no. Le pido que se vaya —le dije, mientras un dolor desgarrador me recorría el cuerpo por dentro— No quiero hablar con usted —En ese momento sentí que a veces estamos en un juego sin haber decidido participar, solo nos ubica alguien ahí, bajo sus reglas, sometidos a sus trampas. Pensé en una enorme sombra que me caía encima, una sombra que venía desde atrás pero se me adelantaba y me cubría completamente, incluso se extendía más allá de la sombra que yo esperaría que reflejara mi cuerpo sobre el suelo. Era una sombra del tamaño de Moby Dick. La ballena blanca desplomándose sobre mí.

—Disculpa, Lira. Me dejé llevar, pero necesito que escuches algo y me voy.

Lo pensé por un momento. Pensé que si lo dejaba pasar tal vez estaba en riesgo y que, por otro lado, era el maestro, no podía hacerme daño. De manera que le abrí la puerta y lo dejé entrar a mi primera casa alquilada, mi primera ilusión de libertad. Nos dirigimos hasta la cocina y le ofrecí asiento a un lado de la mesa.

—Lo escucho —le dije seriamente, mientras sentía que me temblaba todo el interior del cuerpo.

—Mirá, Lira, esperé muchos años para decirte esto. Cuando te vi por primera vez, en la escuela, me di cuenta de que eras lo que siempre había querido. Sufrí mucho pensando en que tendría que ser más joven para estar con vos. Te miraba cada día y me iba a mi casa pensando en vos todo el resto de la jornada. Me dormía pensando en vos y me despertaba pensando en vos. Pensaba en lo injusta que es la vida, en que por qué no te puso en mi camino antes. Si hubieras nacido antes… o yo después. No he logrado dejar de pensar en estar con vos desde el primer día. Cuando te oía en clase, cuando leí cada uno de tus escritos, cuando te miraba leer, o ayudar a tus compañeros. Lo único que imaginaba era tocarte, besarte y abrazarte por el resto de mi vida. Esperé la oportunidad de hablar de esto durante años, y cuando me enteré que ya te habías ido de la casa de tu madre, me armé de coraje y vine. Y acá estoy.

Cada una de sus palabras me punzó en el cuerpo, sentía como si un gran edificio de cristal se fuera quebrando poco a poco dentro de mí, y los vidrios rotos se me fueran mezclando con la sangre. Esa fue la primera vez que supe, con total certeza, que el dolor emocional podía manifestarse como dolor corporal. En todas las situaciones de estrés anteriores y posteriores a ese día, siempre viví el dolor en el cuerpo, el sufrimiento del alma tomó, en distintos momentos de mi vida, forma de agujas que se clavaban en las piernas, en el pecho, en la cabeza, en las palmas de las manos, aunque fue en ese momento cuando vi a relación.

Era mi maestro. ¿Me miraba con deseo cuando yo tenía diez años? Estaba viviendo una terrible pesadilla, ya no quería oír más, y a la vez esperaba que me dijera que era una broma y ya. Pero lo del beso en la puerta, eso había sido real, asquerosamente real. Tal como lo recuerdo, ese momento fue uno de los momentos en mi vida en los que me sentí más inmensamente sola, y pequeña, mínima. Me sentí sucia, con culpa, a merced de las circunstancias, sin ningún asidero en el mundo. Tan inmensamente volátil e insignificante que pensé que hasta una sombra podría aplastarme.

—Necesito que me des la oportunidad de estar juntos, estoy dispuesto a lo que sea por vos, siempre lo estuve, desde el primer día —prosiguió, intentando tocarme una mano.

—Tiene que irse —interrumpí, queriendo preguntarle por qué, por qué, si acaso no veía que yo era una niña, que siempre había sido una niña. Y aunque estaba total y absolutamente desarmada, me planté con firmeza, me paré delante de él, pero a una distancia prudente para que no fuera abalanzarse sobre mí y le pedí:

—Váyase, maestro.

—No me voy a ir sin lo que siempre quise —me dijo mirándome fijamente a los ojos y con la sonrisa que le abarcaba el rostro, de lado a lado— y no me digas maestro, solo Juan —Recordé a Juan, el zorro, del que él nos leía todos los días una aventura.

Sentí miedo, un terror que me tensionaba y punzaba cada músculo del cuerpo. Repasé rápidamente el territorio de mi casa, en el pensamiento, buscando un arma, algo con qué defenderme si él intentaba ir más allá de las palabras. Recordé que tenía solo los elementos de la cocina y pensé también en que yo lo había dejado entrar, y que al final, me culparían a mí, pasara lo que pasara.

—Por favor, Juan, necesito que se vaya —insistí, soportando las lágrimas que a esa altura hacían una enorme presión, no solo en los ojos, y que sabía que no podría dejar salir.

—Sé que te pasa lo mismo que a mí, desde que venías a mi escritorio a traer la tareas, siempre me mirabas con amor —dijo, mientras yo sentía náuseas solo de percibir su presencia tan cerca.

Él extendió sus brazos como para que me abrazara a él, como lo había hecho tantas veces, durante años, y en ese momento, como por milagro, la puerta se abrió y vi aparecer a Marcos, mi pareja de entonces.

—¿Qué está pasando? —dijo, cuando vio al hombre ahí. Él lo conocía desde niño, del barrio. No desconfiaría del maestro, pero creo que notó algo en mi rostro, algo que no estaba bien.

—Vine a visitar a mi alumna preferida —se adelantó a decir, saludando a Marcos con la mano— ya me iba.

—No tienes por qué irte —respondió él.

—Sí, tiene que irse —me apresuré a decir, abrazando a Marcos—. Acompáñalo hasta la puerta.

Mientras lo veía irse, me desplomé sobre una de la sillas y rompí en llanto seco, el único que tenía, en tanto en mi aparato de música Bob Marley cantaba para mí *Redemption song*. Subí el volumen.

3. Existe, luego no existo

En el momento presente, mientras oigo *Wish you where here*, en los auriculares, me encuentro en un momento difícil de definir, e incluso de racionalizar.

Él existe, y lo único que quiero y pienso de manera obsesiva, día tras día, es que no quiero que exista. Puede que resulte ser un pensamiento egoísta, no me atrevería a ponerlo en duda, pero así están las cosas. Yo no quiero que él exista. No lo mataría, no se trata de eso. Seguiría existiendo.

Lo conocí hace poco más de un año. Es un hombre joven, y no termino de saber quién es. No sé cómo piensa, qué desea, a qué juega, si es que acaso sabe jugar o se lo permite.

Él se acercó a mí, con persistencia. Fue desarrollando un vínculo conmigo que trascendía el que teníamos como docente y alumno. Demostraba gran avidez por el conocimiento, de manera que sus primeros acercamientos fueron con esa excusa. Quería saber más, de todos los temas que tratábamos en clase. Por supuesto yo accedía, porque siempre me ha motivado el interés de los estudiantes y he intentado estimularlo. Pero esto era distinto, no lo supe hasta más adelante.

Al principio eran sus ganas de saber lo que nos vinculaba, lo que lo ponía frente a mí, pero tiempo después, esperaba que terminara la clase y se demoraba juntando sus cosas, esperando que el resto de sus compañeros se terminara de ir, para acercarse al escritorio. Se sentaba frente a mí, y me miraba fijamente mientras me contaba de sus dudas respecto a la carrera, de sus ideas espirituales y de sus prácticas zen. Me hablaba de la respiración, de la meditación, de la postura, y pronto comenzó a querer saber sobre mí.

Al principio no me llamó la atención su actitud porque en tantos años de docencia en facultad muchas veces me ha pasado que hay estudiantes que buscan lograr un vínculo más estrecho conmigo, pero siempre manejé bien estas cuestiones, de manera que no tenía temor con él.

Cada encuentro semanal se iba haciendo más intenso en cuanto a la conversación, y en una de esas instancias, cuando se iba, me abrazó. No lo tomé a mal. Solo me pareció un acto de agradecimiento por la charla. Desde entonces, siempre nos abrazamos al encontrarnos y al despedirnos. Pero la cosa fue a más. Él empezó a aparecerse en todas las actividades en las que yo estaba involucrada, y cuando lo hacía, requería mi atención, se acercaba, me saludaba con un beso y un abrazo y buscaba que entabláramos una charla.

Sus ojos, intensos, mirándome fijamente, sin pestañear, como si quisieran decir cosas que no se atrevía a decir. Y desde sus ojos hacia el afuera, nada se veía igual en el espacio en el que ambos estábamos reunidos.

En varias oportunidades fue a verme a la oficina. Charlábamos durante una o dos horas. Él me contaba de su vida, y me preguntaba cosas sobre la mía. Yo siempre intentaba mantenerme estricta con mi forma de pensar, no más información de la precisa. Pero empezó a desarrollarse una especie de afecto, de amistad.

Al principio no me pareció perjudicial, ya me ha pasado de desarrollar amistad con personas que fueron mis estudiantes, creo que es cuestión de química.

Dos clases antes de que terminara el semestre, él apareció en mi oficina y me dijo si podía hablar conmigo. Le dije que sí, que pasara; se sentó frente a mí y me miró fijamente sin decir nada. Entonces rompí el silencio:

—Dime, te escucho.

—En realidad no, no eres tú, soy yo el que va a escuchar. Creo que tengo mucho que aprender de ti y tú de mí. Quiero escucharte —dijo con seguridad.

Esa respuesta me desestabilizó. "¿Qué quería de mí? ¿Qué quería escuchar concretamente? ¿Qué quería enseñarme?".

No supe qué decir ni qué hacer, me puse nerviosa y sé que lo notó. Le dije que no teníamos por qué dejar de charlar, que yo estaba dispuesta a conversar con él cuando lo necesitara.

Continuamos charlando durante un buen rato. Una conversación agradable. Me contó que su forma de vida lo llevaba a estar solo, a no lograr estar en relación amorosa con alguien. Me preguntó si yo estaba en pareja, me dijo que debía dedicarme a mí y no tanto a los demás. Y tantas otras cosas...

Luego de eso comenzamos a comunicarnos también por mensajes.

Creo que ese fue el comienzo del fin, sin embargo no puedo pensar ahora que no debería haberlo escuchado, lo disfruté, lo disfrutamos ambos.

Los días que siguieron fueron de mayores acercamientos. Ya a esa altura yo sentía deseos de verlo, de escucharlo, de tenerlo frente a mí. Creía que a él le pasaba lo mismo, a juzgar por sus acciones.

Empecé a pensar que él sería un buen amigo, después de todo compartíamos formas similares de pensar el mundo y las circunstancias de la realidad presente, y teníamos muchos temas de los que conversar.

El problema es que se me hizo necesario verlo. Se me hizo necesario Andrés.

Tuvimos algunos malos entendidos por mensaje, pero

seguimos adelante con el vínculo por lo que creí que estábamos desarrollando una amistad genuina.

Un día lo invité que viniera a mi casa y me dijo que prefería un lugar neutral. Esa respuesta me hizo bastante ruido. Qué significaba eso. Qué peligro podría correr con venir a mi casa. Me molesté y se lo hice saber, aunque no nos entendimos en ese punto.

Volvimos a vernos otras veces, siempre en mi oficina.

Incluso nos reunimos cuando volví de un viaje al exterior para compartir nuestras experiencias, él también había viajado. Luego de esa charla, cuando nos abrazamos, me dijo al oído: "te quiero mucho"; le respondí que yo también lo quería, y nos vimos a los ojos, con los cuerpos abrazados y nuestros rostros casi rozándose.

Pocos días después lo invité que viniera a mi casa, ya había pasado bastante tiempo de la invitación anterior. Yo necesitaba hablar de algo que me inquietaba bastante, y pensé que solo él lo entendería. Esta vez aceptó, sin titubeos, y me propuso la hora.

Mi idea de vernos en casa tenía que ver con que ya lo consideraba un amigo.

Llegó en punto, nos sentamos a charlar en mi escritorio. Yo le conté algunas cosas muy íntimas sobre mi vida, que me preocupaban, y me preocupan aun, y él me contó cosas muy íntimas sobre la suya. De tal manera que había un conjunto de nuevas razones para que nuestra relación tuviera razón de ser. Experiencias sensibles y extra-sensibles muy similares.

Él estaba sentado en la silla del escritorio y yo en el piso. Tenía su espalda erguida y sus ojos fijos en mí. Por primera vez reparé en su cuerpo, calzaba unos short y remera que hacían notorios los atributos físicos de un hombre que entrena con rigurosidad.

Cuando se iba a retirar, sentí, por primera vez, deseos de tocarlo. Pero no de tocarlo en un sentido sexual, sino de percibir su existencia a través del tacto. Sabía bien que si lo tocaba, iba a saber cosas sobre él que no me estaba diciendo. Lo sabía entonces y lo sé ahora. Lo sentí más cerca que nunca, sentí el sonido de su respiración. Me prohibí pensar en eso, y hablé de cualquier cosa, para que no se notara que apenas podía controlar mi necesidad de tocarlo. De tocar su cabeza, sus brazos, sus dedos, los dedos de sus manos. Estuvimos hablando, no recuerdo de qué, parados, uno frente al otro, a escasos centímetros de distancia, durante un buen rato. El ambiente estaba enrarecido, tenso. Él me había dicho un poco antes que quería que lo apoyara emocionalmente, yo ya no sería su profesora este año, y yo le había dicho que sí, claro.

Cuando se fue no pude dejar de pensar en lo que me había pasado. Había algo de él que no estaba siendo dicho y que yo podía saber con solo tocarlo. De manera que luego de pensarlo bastante, decidí escribirle y contarle lo que me había pasado. Es un hombre inteligente, pensé que me ayudaría a entender.

Él me envío una historia oriental que hablaba de dos monjes castos que habían tenido que hacerle un favor a una chica y de la culpa que sentía uno de ellos por haber tocado el cuerpo de la mujer, en contra de sus creencias. Entendí el mensaje, y le dije que se quedara tranquilo, que yo no tenía intenciones sexuales con él. Pero creo que no lo entendió.

A partir de entonces ya nada fue igual. Apenas tuvimos algún otro intercambio, pero con gran resistencia de su parte.

Lo entendí, y entendí que tenía que ver con sus prejuicios.

Pasado un tiempo sin vernos ni hablarnos, le escribí para contarle de una idea que tenía, de la que habíamos hablado antes, un proyecto de extensión universitaria, pensando que se alegraría y querría participar, pero él no me dejó hablar y respondió inmediatamente:

—Todo bien, Lira. Pero no me molestes, ya déjame en paz, por favor —puso, acompañando el mensaje con un emoticón que representaba dos manos juntas, como rezando o agradeciendo. En ese momento pensé que tal vez tampoco él quería que yo existiera, pero existía.

Respondí a ese mensaje de manera poco cortés, le

hablé de la vanidad, de la soberbia, de la amistad. Él me aclaró que no éramos amigos:

—La amistad no es algo que pueda forzarse, se da naturalmente, no vamos a forzar algo que no existe. Tiempo al tiempo.

Desde entonces, el vínculo se limitó a lo necesario en virtud de las actividades en facultad, pero ese no es el problema.

El problema es que no pasa ni un solo día sin que yo piense que deseo que no exista. No quiero que exista. Tengo su mirada clavada en el medio del pensamiento. No quiero tener ninguna relación con él y a la vez, debo obligarme para no llamarlo. No quiero pasar ningún límite con él. Pero a la vez, no pienso en otra cosa que en su voz, en sus palabras, en su respiración y en su cuerpo, que deseo tocar. No quiero que exista pero no lo mataría. No es amor. No es amistad. No sé qué es. Ese es el problema. A mí me gusta saberlo todo en relación a mis sentimientos, pensamientos, deseos. Pero hoy, en este punto, no sé nada. Nada de nada. No quiero que exista y de a ratos, no quiero existir. No me gusta este juego, no me gustan los juegos en que las reglas no son claras.

4. Juego de cartas

Algunos hombres son realmente temibles. Pueden causar efectos en las mujeres de los que tal vez no tengan ni remota consciencia. No tiene que ver con la juventud, con el aspecto ni con ningún tipo de distinción cultural. No sé a ciencia cierta con qué. Marcelo, el profesor de Dibujo era uno de ellos.

Estábamos en segundo de liceo. A mí me tenían como la chica rara del grupo. Hablaba escasamente y no sé por qué pensarían los demás que no hablaba o que no me sumaba a las bromas o a los juegos de esos tiempos, solo no tenía qué decir allí. De hecho, el hablar poco o no hablar, me causó problemas hasta que estuve en cuarto. Fue entonces que tomé la palabra y nunca más la cedí, no en mi turno. Hay que jugar limpio, cada quien tiene su turno.

Me pasaba leyendo historias o poesía en los recreos, cuando terminaba las tareas o en las horas libres, a veces dibujaba, hacía retratos. Aunque era considerada rara, nadie se metía conmigo, incluso cuando jugaban a la "choteada" a mí ninguno me tocaba, es posible que hubiera sido una ventaja no hablar, después de todo.

Aunque era la chica rara, algunos se acercaban a mí cuando querían conquistar a alguien, porque yo escribía cartas de amor por encargo y varios en el liceo lo sabían. Lo hice la primera vez por cansancio auditivo. Había oído que un compañero hablaba a otro sobre su amor por una compañera de otro grupo. Lo oía una y otra vez, todos los recreos hasta que un día me cansé y le propuse que le escribiera una carta. Como nunca hablaba, cuando lo hacía, todos escuchaban, supongo que esperaban que dijera algo valioso. El chico se entusiasmó con la idea de escribir a su enamorada pero no sabía qué decirle, entonces yo le escribí la carta. La miré durante tres días, vi qué hacía al recreo, cómo era su cabello, sus ojos, su forma de hablar, sus temas de conversación, y le escribí la carta, que firmé con el nombre de mi compañero, Sebastián. Ella le respondió, lo vio por primera vez, y le gustó. Así gané la fama de lograr el milagro, entonces venían a que les escribiera cartas, pero nunca debía saberse que no eran de puño y letra del enamorado o enamorada. Yo lo hacía, era una distracción, y me ganaba algún dinero, porque el que quería conquistar tenía que pagar. Sabía que estaban haciendo trampa, pero ese no era mi juego, mi juego era estrictamente lucrativo.

Una de las clientas que tuve fue Sofía. Tenía quince años, era mayor que nosotros, en todo sentido. Usaba el cabello teñido, una novedad en aquel entonces, se maquillaba y pintaba sus uñas. Había ingresado ese año al grupo pero sabía muchas cosas que el resto no. Cosas de la vida que le gustaba contar para el resto de infantes admirados por lo que pasaba allí afuera, fuera de nuestra burbuja liceal. Era una chica grande. Me caía muy bien. Su descaro, su complacencia al contar sus historias, su seguridad y liderazgo con los curiosos del grupo en los que causaba una suerte de admiración. Siempre estaba rodeada de chicos y algunas chicas, yo la miraba de lejos y me sonreía, no por ella. Ese día, Sofía se acercó a mí y comenzó a contarme que se había enamorado. Me explicó lo que sentía, las ganas que tenía de besar a su enamorado, me dijo también que había tenido novio, que ya había hecho "cosas" con él, que salía, que la dejaban ir a los bailes, que a veces tomaba, y luego me pidió la carta. Al principio me pareció raro que me pidiera una carta a mí, ya que con su experiencia supuse que no necesitaba carta, pero Sofía quería que la declaración fuera hecha con palabras bonitas, así que la entendí. Acepté el trabajo y comencé escribiendo sobre lo que ella me había dicho sobre besar y amar, luego fui agregando detalles que describían el amor, según mis experiencias con Bécquer y con Neruda. Yo escribía muy bien, pero no sabía nada sobre el tema. Sin embargo, una vez que conseguía el contenido, las palabras fluían. Estuve dos días escribiendo la carta, porque como ella no me había querido decir quién era el chico, más que un par de detalles físicos sin importancia, yo tuve que imaginar cómo era, cómo hablaba, sus gustos y demás. Cuando tuve pronto el producto y lo entregué, Sofía me dijo:

—Hoy se la tiro por debajo de la puerta, ya sé dónde vive, lo seguí.

—¿No es del liceo? —pregunté, aunque no me importaba en absoluto.

—¿No sabés quién es? Pensé que te habías dado cuenta cuando te lo describí.

—No, ni idea. ¿Quién?

—Marcelo.

—¿Marcelo? ¿Qué Marcelo?

—El profe —me dijo tomándome de un brazo, creyendo que me pondría feliz la develación. A ella se la veía radiante con la carta entre los dedos.

—¿El viejo de Dibujo?

—Obvio, Marcelo. ¿No viste cómo me mira? Pero no le digas viejo.

En ese momento traté de recordar al profesor, no había reparado en él, apenas recordaba su aspecto, pero si lo veía en la calle seguro ni lo reconocería. Era un profesor aburrido. A mí me gustaba dibujar y aun así detestaba sus clases. De todas maneras, era un profesor. Me pareció que lo que iba a suceder no estaba bien y se lo dije a Sofía:

—No me parece correcto que le des una carta a un profesor.

—No se trata de si es correcto o no. Nos gustamos. Quiero que él sepa que me gusta así se anima a hablarme. Capaz no se anima porque soy su alumna, pero ya soy grande, he tenido novio y todo —explicó decidida.

—¿Le vas a poner tu nombre al final, no?

—Claro. Quiero que sepa que soy yo.

No dije nada más.

Durante la próxima clase de Dibujo miré al profesor por primera vez. Era un hombre joven, tal vez veintitrés o veinticuatro años, de piel algo oscura, cabello corto y negro, prolijamente peinado, más alto que nosotros pero no tanto, delgado. Vestía jeans y camisa lisa, blanca. Tenía un gran reloj en su muñeca.

Él siempre estaba detrás del escritorio y antes de que saliéramos al recreo, caminaba una vez entre las bancas y teníamos que mostrarle los dibujos para que nos dejara salir. Eso era todo lo que sabía del hombre que le gustaba a Sofía y al que yo le había escrito una carta de amor apasionado. Pensé en eso mientras nos retaba porque no habíamos terminado una copia al natural y ya casi tocaba el timbre. "La escribí yo, pero la envió ella —pensé—, no tienen por qué culparme".

A la hora del recreo le pregunté a Sofía si había llevado la carta y me contestó efusivamente que sí, me dijo también que ahora solo tenía que esperar. Yo ya había cumplido mi trabajo y recibido la paga, así que era asunto terminado. En verdad no me interesaba en absoluto lo que pasara entre Sofía y el amargado profesor de dibujo que me hacía odiar una de las actividades por las que mayor afición había desarrollado desde niña.

A la semana siguiente, el martes, cuando iba subiendo la escalera para entrar a clases de Matemáticas, entre el tumulto que descendía, vi que venía el profesor. Ahora lo conocía y lo identificaba. Cuando nos encontramos en la escalera él se puso delante de mí y no me dejaba pasar, como jugando. Yo me corría y él se corría, y así. Le pedí permiso pero se reía y me miraba a los ojos, hasta que me dejó pasar. Sentí miedo. No sabía por qué pero sentí un profundo miedo cuando me encontré con sus ojos. No conocía esa forma de mirar. Ni siquiera habría podido explicar la sensación. ¿A qué le temía? No entendía bien si se relacionaba con el hecho de haber escrito la maldita carta de Sofía o con otra cosa, más me inclinaba a pensar que el temor nacía de otra parte, no de mi conciencia. Yo tenía preparada la excusa por si alguna vez algún adulto me cuestionaba el negocio. Era buena con las palabras, aunque no hablara.

Aunque no dije nada, pensé en eso hasta que tuvimos la clase de Dibujo. En el miedo pensé. No recordaba otro momento de mi vida en que me hubiera sentido de esa forma, como si una especie de recuerdo ancestral se me hubiera incorporado, era algo así como un miedo colectivo, que se despertó en mí cuando sentí esos ojos oscuros clavados en mis ojos niños.

Esa clase fue distinta. El profesor ya no se quedó detrás del escritorio sino que dijo que nos ayudaría a hacer el trabajo e iría banca por banca. Noté la extraña amabilidad y recordé sus ojos. Mientras llegaba a mi banca fui pensando algunas hipótesis. Se me ocurrió que tal vez había hablado con Sofía y estaba feliz, por eso parecía extraño, o que algo por el estilo le habría sucedido. Nunca llegó a mi banca, me dejó para el final y tocó el timbre. Le mostré la lámina desde lejos, para salir lo más pronto posible del salón, pero no me dejó:

—¿A dónde cree que va? No, señorita, se queda ahí quietita, no he llegado a su banca.

Me quedé más que quietita. Sentía que me temblaban las rodillas y que en algún momento, sin que me diera cuenta, iba salir un enorme grito desde mi interior que iba a dejar sordo a todo el liceo. Mis compañeros salieron y él se apoyó en mi mesa, con los antebrazos y se inclinó hacia mí, muy cerca. Le quise mostrar el dibujo, apenas lo ojeó y me dijo, con tono suave:

—Eres muy talentosa. Y muy linda. Quiero que sepas que me encantó lo que me diste. Me alegra que te hayas animado, yo no sabía si hablarte —pensé en la maldita carta de Sofía.

—No, profesor, yo no...

—No digas nada. También me gustás.

—No, pero no soy yo.

—Claro que sí. Aparte de dibujar muy bien también escribís muy bien. Es hermoso todo lo que me dijiste. Tenemos que vernos fuera de acá. ¿Por qué no venís a mi casa? Ya sabés donde es. Hoy, a las... —no lo dejé terminar, tenía unas enormes ganas de llorar y mucho miedo. Me paré, salí corriendo del salón, fui al baño y me encerré para llorar sin preguntas. Temblaba y sentía que me iba a caer. Lo que más miedo me daba era que no sabía qué hacer ni con quién hablar. Luego de un rato fui a adscripción y le mentí a la adscripta que estaba descompuesta. Pedí para irme y no hubo problema. Ella recogió mis cosas de la clase, que a esa hora era de Historia y me las trajo. Le pedí también que no llamara a mi madre, que podía llegar bien a mi casa, y me largué de ahí.

Una vez fuera, sentí que todo había pasado, que solo se trataba de un mal entendido y que si explicaba al profesor lo de Sofía y lo de mi negocio de las cartas me entendería y se disculparía, y volvería a sentarse detrás del escritorio. Y no volvería a sentir el miedo que disparaba de sus ojos hacia mí. Pero no fue así.

Al otro día, cuando fui al liceo, Sofía me preguntó, sonriente y expectante, si Marcelo me había hablado de ella cuando me dejó en el salón. Yo la miré con rabia pero no quise contarle, ni a ella ni a nadie, porque, además del terror, sentía también mucha vergüenza. Me aliviaba saber que solo lo vería una vez por semana, pero sabía que tenía que explicarle el mal entendido.

Estuve toda la semana pensando qué le diría cuando lo viera, y el día llegó.

Entró a clases exageradamente risueño, no recordaba haberlo visto sonreír antes, ni a él ni a ninguno de los otros profesores.

Estaba feliz. Ese viejo parecía joven por primera vez. Volvió a trabajar por las bancas, con cada uno, y yo sentía su mirada penetrante pegada en mi cara, era una sensación horrible, porque no lo miraba pero sabía que estaba, que esos ojos tortura estaban ahí. Apenas pude concentrarme en el trabajo que nos indicó. Escuché que Sofía lo llamó con una voz extraña, edulcorada, y hasta tuve la esperanza de que le hablara de la carta. Pero no, le preguntó cosas sin importancia, noté que solo quería hacerse ver.

Nuevamente quedé para el final, y cuando tocó el

timbre me paré rápidamente para huir del lugar y él me detuvo el paso, se acomodó delante de la puerta y la cerró.

—¿Qué pasa? ¿Por qué tan apurada? ¿No te acordás que tenemos algo pendiente? —me dijo con un brazo levantado, apoyado en el marco de la puerta y la otra mano en el bolsillo.

—Profesor, tengo que decirle algo —creo que lo dije temblando, apenas podía mantenerme en pie. Él me miraba fijamente a los ojos y volvía esa sensación llegada de no sé dónde que me penetraba violentamente. Sus ojos decían cosas en una lengua que yo no entendía todavía, cosas que no quería saber.

—¿No querés decírmelo en casa?

—No, no, yo no, yo, yo no escribí la carta, o sea, la escribí, pero para Sofía, ella me pidió

—¿Y?

—Que es a ella a quien le gusta usted. Yo solo escribo, nada más.

Se rió y respondió:

—A mí no me interesa Sofía, a mí la que me gusta sos vos. Y sé que en el fondo yo también te gusto.

—No, no.

—Sé que parece raro, porque soy tu profe y vos tenés trece pero para el amor no hay edad. Sacó la mano del bolsillo y me tocó la punta del cabello que caía sobre mi hombro. Un escalofrío me recorrió el cuerpo.

—No, profesor, déjeme pasar —le pedí, mientras intenté escabullirme hacia la puerta, pero no me dejó. Me tomó de los brazos y acercó su cara a la mía. Yo bajé la mirada y me largué a llorar, entonces me soltó, y agregó:

—Tranquila, no va a ser acá en el liceo.

Abrió la puerta y yo me fui directo a buscar a Sofía.

—¿Qué hiciste? El profesor cree que fui yo y ahora me dice cosas horribles.

—¿Qué vos qué?

—Que yo le escribí la carta, vos sabés.

—Vos la escribiste, sí, pero para que se fijara en mí. ¿Ahora me lo querés quitar?

—No, no me gustan los hombres. Es un viejo. Eras vos, Sofía. Hablá con él. Le tengo miedo.

—¿Miedo de qué? No seas estúpida. Es re bueno el profe, es un amor. Aparte ahora tengo novio, así que te lo regalo.

Me di cuenta que ya no tenía más que hacer con ella, y que debería hablar con alguien más. Barajé posibilidades durante la semana. Pensé que si hablaba con la adscripta me sancionarían por lo de la carta. Si hablaba con la directora, lo mismo. Si hablaba con mi madre… Decidí hablar con mi madre. Le conté todo, desde el principio, desde la primera carta para Sebastián. Le pedí que me ayudara, que tenía miedo y que no quería volver al liceo. Creo que entendió, porque al día siguiente me acompañó a la hora de la entrada y me dejó en el pasillo mientras habló con la adscripta y con la directora. Cuando salió me dijo que me quedara tranquila que ya no me molestaría, y se fue.

No hablaron conmigo, no me preguntaron nada sobre el tema. Ninguna de las tres quiso saber sobre cómo me sentía, sobre lo que hacían los ojos del viejo de dibujo con las personas.

La siguiente clase, el profesor entró serio otra vez y se sentó detrás de su escritorio. Sentí inmediatamente el alivio porque supuse que eso significaba que el juego había acabado. Pero me equivoqué.

Cuando tocó el timbre, él alzó la voz y dijo:

—¡Salgan! ¡Mont se queda!

Todos se fueron, se acercó a mi banca, puso una silla frente a mí y se sentó, a pocos centímetros. Podía sentir su respiración y el olor de su aliento, aunque intentaba mirar para abajo o a los costados. Él me miró fijamente un rato, sin decir nada, me puso una mano en la rodilla, encima de la pollera gris del uniforme, y expresó, mientras subía su mano por mi pierna y me miraba fijamente a los ojos:

—No creas que te voy a dejar así nomás. No importa lo que diga la adscripta, ni tu madre ni la directora. Vas a ser mía. Me gustás. Y sé que yo te gusto —tomando una de mis manos y poniéndola encima de su pierna, a la altura de la rodilla y moviéndola hacia arriba. Me estremecí, sumado al miedo apareció el asco, corrí la pierna y la mano rápidamente. En ese momento pensé que estaba absolutamente sola y que iba a tener que aprender a defenderme de él, y de todos. No sabía exactamente de qué. El miedo era real, algo no estaba bien en esa forma de mirar, alguna regla de ese juego yo no conocía y era un juego que estaba segura que no iba a querer jugar ni en ese momento ni nunca.

Encima, Sofía se había encargado de decirle a mis compañeros de clase que me gustaba el profesor de dibujo y como siempre me dejaba al recreo, todos especulaban vaya a saber qué. No podía explicarles, ¿cómo? ¿cómo describir aquello a los niños de mi edad?

No dije nada. No volví a decir nada ni a él, ni a mi madre, ni a Sofía ni a nadie. Viví con el temor durante todo el resto del año.

El profesor no me dejó salir al recreo nunca más. Varias veces me exigió que fuera a su casa, pero no lo hice.

Empecé a encontrarlo fuera del liceo y me seguía, a donde fuera que yo me dirigiera. Solo sentía que iba detrás de mí. Fuera o no fuera. Lo sentí respirándome encima por bastante tiempo más.

Yo tenía trece años en ese entonces. No me gustaban los chicos, al menos no tenía interés. Mi cuerpo era el cuerpo de una chica en la pubertad, casi niña. Tenía miedo a andar sola por la calle, miedo a las miradas de los hombres, miedo a encontrar al profesor y no poder huir.

Incluso, con el correr del tiempo, cuando ya no era mi profesor ni nada, si lo veía o veía a alguien parecido, empezaba a temblar y tenía que cambiar de dirección. En cada persona que se me acercaba buscaba esa mirada, para advertir el peligro, para saber con certeza si debía defenderme, estar alerta, porque algo peligroso y violento iba a acontecer. Esos ojos punzantes, abusivos, invasores, se los vi a ese profesor por primera vez, los aprendí de él, aprendí también la fuerza de la supervivencia que nos llega de otros sitios, de otras antes que nosotras, con un poder que logra mantenernos en pie, aun en la más profunda y absoluta de las soledades.

A veces siento que sigue estando, él y sus ojos malditos, jugando a no dejarme terminar de subir la escalera.

5. Iniciación

Veinte años, arrogante y encantador. En ese tiempo nadie andaba en auto. Él manejaba un moderno coche de su padre que era dueño de una cadena de zapaterías de la ciudad. Conocido por todo el mundo y considerado un buen tipo a pesar de la plata.

Tenía una novia para mostrar, con la que iba a los eventos sociales y representaba su futuro de nuevo rico. Se casaría, tendría, tal vez, dos hijos, continuaría su imperio familiar.

Pero él estaba incompleto. Buscaba ser joven, sentir emoción, ilusionarse y sobre todo, conquistar, enamorar. Salía con su novia y temprano la dejaba en su casa burguesa. Luego tomaba el coche, se ponía su mejor perfume caro y se inmiscuía entre la gente común y corriente. Se mezclaba con el bajo mundo de los jóvenes que cada fin de semana eran convocados a reunirse en alguno de los dos centros bailables con que contaba esa ciudad.

Allí lo conocí.

No recuerdo la fecha ni otros detalles. Solo recuerdo muy bien que estaba en el tumulto de cuerpos agitándose y en aquella oscuridad psicodélica, lo vi.

Parecía que llevaba un foco de luz alumbrándolo para mí, todo el resto desapareció y desde entonces, por bastante tiempo, solo pude verlo a él.

Tenía los ojos más bellos que jamás vi. Eran ojos deseantes, instigadores, ladrones. Parecía que cualquier cosa que él pudiera mirar quedaba luego presa para siempre en sus ojos, como una fotografía. Él me miró y entonces yo quedé presa en él desde aquel día.

En esos tiempos, en un momento del baile, ponían música lenta, temas románticos, entonces los chicos daban vueltas alrededor de la pista hasta encontrar a alguna chica que les gustara e invitarla a bailar. A mí, a esa edad, no me interesaba bailar lentos con nadie, de todas maneras me quedaba en el corredor de la exhibición, acompañando a mis compañeras. Ellas siempre salían a bailar con algún chico que ya antes habían visto y que esperaban en la fila. Por lo pronto, cuando ellas se iban yo aprovechaba a mirar a las parejas bailar y pensaba en la estupidez de las mujeres de estar esperando que alguien viniera a sacarlas a bailar.

Varias costumbres femeninas me parecían una estupidez en esa época, por eso, en general, mis amigos eran varones. Si bien me vinculaba con chicas, lo hacía solo para salir o realizar alguna tarea del liceo, pero si tocaba hablar de algún tema que me importara realmente o si quería divertirme, me juntaba con mis amigos varones, con los que parecíamos hablar la misma lengua. Una de las cosas que acostumbraban a hacer las chicas de mi edad era soñar con su casamiento. Más que una estupidez, me parecía que verdaderamente era triste. Sin embargo, por respeto, no era mi juego y sabía que no tocaba meterme, las escuchaba y cuando me preguntaban a mí, solo repetía siempre la misma frase: yo no voy a casarme. Estábamos recién salidas de la niñez, y hablaban de que si les habían dado permiso para tener novio, de que si el novio iba a la casa, de qué hora a qué hora, de que si se casarían de blanco, con el vestido que usó la madre, de que si tendrían hijos, si vivirían en el campo o en la ciudad. Nunca, ni entonces ni después hablé a alguien sobre esas cuestiones. Supongo que generaciones posteriores fueron cambiando las temáticas, por fortuna. Como sea, cuando salíamos a bailar, eran buena compañía.

Esa noche, durante la primera canción, *I still loving you*, lo vi aparecer en la fila de muchachos explorando la mercadería. Caminaba pausado, con un movimiento de las formas de su cuerpo que me hizo sentir un nudo en el estómago. Desde lejos, mientras avanzaba, sus ojos estaban en mí, podía sentirlos como una brisa cálida que bajaba por todo mi cuerpo. Cuando por fin me enfrentó, se detuvo y me tomó de una mano. Yo me dejé llevar hacia la pista, donde bailamos muy apretados, cuerpo a cuerpo, hasta el último tema.

Su olor, sus ojos, su cuerpo pegado al mío, sus manos en mi espalda y el movimiento rítmico de dos siendo uno, me hicieron sentir de una manera como nunca antes me había sentido. No quería que aquello terminara y encendieran las luces anunciando que la noche había acabado. Deseé por un momento quedarme el resto de mi vida en esa situación, así, sin hablar, oyendo la música y moviéndonos al mismo ritmo, ese hombre y yo.

Al fin, cuando acabo el baile, me dijo "soy Diego Miraglia, ¿venís el sábado?".

—Soy Lira, creo que sí —respondí, encandilada por su mirada clavada en mis ojos.

—Te espero —respondió— y desapareció entre la multitud.

Por aquellos tiempos, yo tenía un novio, Héctor, que me iba a buscar a la salida del liceo y me acompañaba hasta mi casa. Lo quería mucho, me gustaba verlo, caminar junto a él, y besarnos, a veces. A él no le gustaba ir a los bailes.

Lo cierto es que estuve toda la semana pensando en Diego. Mis compañeras me dijeron, en el liceo que si sabía con quién había bailado y yo respondí que no, que quién era. Ahí me contaron la historia del niño rico, que, desestimé. A mí me interesaba haber bailado con Diego. Sus ojos me habían quedado en el pensamiento, atravesándolo.

Durante la semana vi a Héctor dos o tres veces. Hablamos del liceo y de la Utu, que era donde él cursaba, caminamos de la mano, nos besamos al despedirnos, pero no le dije la verdad cuando me preguntó "¿Qué tal el baile?". "Bien, normal, como siempre". Nada más, no tenía por qué decir algo sobre lo que hasta entonces había sido la mejor noche de mi vida, eso solo me pertenecía a mí.

Al siguiente sábado volví a ir al baile. Mientras bailaba con mis amigas miraba para todos lados deseando verlo llegar. Ninguna de ellas sabía lo que me pasaba por dentro, nunca conté a ninguna mujer mis sentimientos verdaderos y creo que tampoco a ninguna le interesó. Estaba absorta en mi observación detenida de cada uno de los rostros, buscando el de Diego, cuando alguien me tocó la espalda. Héctor, feliz de darme la sorpresa. Había hecho el esfuerzo de ir a ese lugar que detestaba para verme. Con su rostro radiante y un beso apasionado que hubiera preferido evitar, me dijo:

—¿Viste que vine?

"Diablos —pensé— se ve que alguna vez le pedí que viniera. ¿Por qué hice eso?".

A partir de ese momento, no se separó de mí, así que tuve que bailar con él, aunque de a ratos le decía que iba al baño y aprovechaba para registrar todo el baile en busca de Diego. Era un acto casi instintivo, lo buscaba, tenía que verlo, y como no lo encontraba, volvía a la pista, a bailar con mi novio.

Cuando llegó la hora de los lentos, Héctor estaba emocionado porque bailaríamos juntos por primera vez, abrazados. Comenzamos a movernos. Él me besaba en la boca y en el cuello, me acariciaba el cabello tiernamente. Estaba sonando el tercer tema romántico, levanté la vista, como si hubiese oído el llamado, y lo vi. Bello, bellísimo, con el foco de luz sobre él, a un lado de la pista, mirándome. Apenas cruzamos la mirada, me hizo una seña pidiéndome que fuera. Sin dudarlo me aparté del cuerpo de Héctor y me disculpe con él, con la excusa del baño.

Fui hasta donde estaba Diego, me acerqué, sentía su respiración dentro de mí, como si el solo hecho de estar cerca generara una atmósfera en la que nos respirábamos el uno al otro. Tomó mi mano y me llevó debajo de las gradas, me puso contra la pared y me besó. Sentí en ese momento, por primera vez en mi vida, el calor que emiten los cuerpos, el deseo de devorar a alguien, la necesidad de que toda yo y todo él participáramos de ese encuentro. Era una especie de existencia imantada que me atraía sin poder evitarlo. Intenté decirle que tenía novio, que me esperaba en la pista, pero no me dejaba hablar. Sentí su sexo entre mis piernas y quería tocarlo, verlo, saber hasta dónde podríamos llegar. En un momento él me susurró al oído "vámonos" y, como si me echaran un balde de agua helada, recordé a Héctor.

—Hoy no, no puedo. El próximo —dije, apartándome de su cuerpo cálido.

—El próximo —respondió él, clavando sus ojos cámara fotográfica en mis ojos.

Volví a la pista en la que estaba Héctor, esperándome ansioso:

—Te estaba buscando, pensé que te había pasado algo

—No, nada, es que me encontré con una gurisa del liceo y me puse de charla —mentí— disculpame. Hice trampa y eso no me hizo sentir bien.

Bailamos los lentos que quedaban y nos despedimos para vernos el lunes a la salida del liceo.

Fue una semana como todas, sin nada especial, excepto mi creciente necesidad de que llegara el sábado. La semana transcurrió lenta, insoportablemente desgajada día por día.

Héctor y yo nos vimos tres veces. Él me pidió que fuera a mirarlo hacer Educación Física y yo fui. Corría, saltaba con impecable destreza, como dedicándome sus logros, y yo le sonreía con todo el cariño que sentía por él. Pero sabía que había hecho trampa y eso comenzaba a atormentarme.

El sábado estuve desde la mañana pensando qué haría a la noche, si aparecía Diego.

Recordaba la escena de los besos contra la pared y me corría un escalofrío por la espalda. Esto era absolutamente nuevo y desconocido, aunque bienvenido. De cierta forma algo en mí quería correr riesgos, nunca sentí complacencia en permanecer demasiado en lugares o situaciones conocidas. Ni siquiera a esa edad. Recordaba su sexo entre mis piernas, su olor, su lengua cálida, su mirada instigadora, y pensaba cuán lejos podríamos llegar. ¿Qué pasaría a la noche? Una sensación tan intensamente abrasadora y agradable no podía hacerme mal. Quería verlo, respirarlo, tomarlo para mí.

Creo que llegué más temprano que de costumbre porque había poca gente. Pero él estaba.

Lo vi, como al pasar y sentí sus ojos clavados en mí, llamándome. Entonces dije a mis amigas que ya venía y me perdí de vista para ir a su encuentro.

Él me tomó de la cintura y me apretó contra su cuerpo, y con su boca a milímetros de la mía dijo "vamos".

Solo fui, tomada de su mano, no sabía a dónde.

Me llevó hasta la puerta y salimos. "Vamos a hablar", me dijo. "Dónde"—pensé. Por un instante recordé las advertencias de mi madre, pero solo por un instante. Tan solo lo seguí y llegamos a su auto. Me abrió la puerta e ingresé sin preguntar, sin temor; quería estar ahí más de lo que alguna vez había querido estar en algún sitio.

Él y yo. El resto, solo un desteñido tapiz sin gracia que se iba decolorando más y más mientras el auto se alejaba.

Fuimos a una zona alejada de la ciudad. Silencio y noche. La única tenue luz era la que emitía las luces del coche. Puso música, empezó a sonar I still love you.

Él comenzó a acariciarme el cabello y el rostro. Me besaba sin prisas, con dedicación y ternura. Sus manos eran como cuencos que se llenaban de mí, de mi inocencia y de mis tantos deseos, que comenzaba a descubrir que me habitaban.

"Amor" me dijo y esa palabra, amor, comenzó a completarse de significado por primera vez en mi vida.

En aquel primer encuentro a solas todo era nuevo y excitante. Me gustó besarlo, tocarlo, sentirlo tan al alcance. Cada segundo que pasaba con él iba perdiendo el control sobre mí misma. Comenzaba a sentir que ya no era dueña de mí, sino completa y absolutamente hija de la situación. Él y yo éramos uno solo. Fundidos, confundidos.

Extrañamente sentí, y lo sentiría luego, a lo largo de

toda mi vida, que el sitio en el que estuviera su presencia sería el sitio más seguro del mundo, el más acogedor.

Después de un buen rato, regresamos al baile. Sonaban los lentos y bailamos, apretados el uno al otro, como un único cuerpo moviéndose, aceptándose, sin que importara nada más en el mundo. Al terminar el baile nos despedimos con un beso y yo busqué a mis compañeras, siempre debía salir con ellas porque mi madre me iba a esperar a la salida para llevarme a casa.

Me quedé pensando en aquel encuentro durante toda la semana. No quise ver a Héctor, no sabía cómo, qué hacer, acaso decirle… qué, qué debería haber dicho. De manera que no hice nada, solo evitar la situación de encontrarme con él y tener que caminar de su mano, hablando de cosas que ya no me interesaban o viéndolo demostrarme sus destrezas físicas.

Diego, ese nombre me quedó atravesado en el pensamiento y en el cuerpo, y en lo íntimo sabía que no regresaría a un estado anterior. Ya no había vuelta atrás.

Las semanas pasaron como capítulos de una novela en la que lo único emocionante era el momento en que salíamos del baile y nos alejábamos de la multitud para explorarnos, para amarnos. En cada encuentro avanzábamos un poco más en esa exploración. Él sabía qué hacer para hacerme sentir fuera de mí, en éxtasis total. Me besaba los senos con tal ternura que me hacía temblar, al tiempo que el resto de mi cuerpo latía y se abría poco a poco para dejarlo entrar, para que ese hombre fuera parte de mí, parte de mi carne.

Yo no sabía nada de sexo. Lo único que sabía es que cuando estaba con él, cuando sentía sus manos sobre mí, cuando acariciaba su cabello, su espalda, el mundo todo dejaba de girar y yo me encontraba en el mejor lugar.

No hablaba con nadie, no quería hacerlo porque de alguna forma sentía que esos momentos eran lo único que verdaderamente me pertenecía, como un divino tesoro que no estaba dispuesta a compartir. Ni siquiera, si lo hubiera deseado, podría haber puesto en palabras lo que éramos él y yo, en el momento del encuentro. Una misma sustancia y el más precioso de los secretos. Un torrente de agua limpia cayendo consistentemente sobre la tierra árida que se avergonzaba debajo de nuestra sombra.

A esa altura mi cariño por Héctor se había convertido en una suerte de recuerdo infantil y, aunque no quería herirlo, tuve que decirle que ya no nos veíamos como novios. No podía besarlo sin pensar en los ojos, en las manos, en la boca de Diego. Era como una tarea rutinaria que ya no estaba dispuesta a realizar porque no me daba ninguna gratificación. Él lo entendió, me amaba, dijo, y que me esperaría. Yo le propuse que fuéramos amigos. Y así fue. Por tantísimos años. Aun lo somos.

Aquel 20 de octubre, Diego me esperó a dos cuadras de mi casa. Yo estaría a las ocho y estuve. Me subí a su auto y fuimos al lugar de siempre. La atmósfera que nos envolvía era exquisitamente única, cálida y anestesiante, como un abrazo.

Comenzamos a besarnos lentamente y durante un buen rato, de fondo sonaba música lenta, la misma que habíamos bailado antes. Él me desvistió el torso sin que me diera cuenta, lo liberó, y yo sentía que era casi incorpórea, libre. Entre sus manos, respirando su respiro, deseando su entrega. Él y yo. Encantadoramente enredados, unidos, entrelazados.

Cuando una de sus manos comenzó a bajar por mi vientre, sentí que ese era el único hombre en toda la Tierra, que era mi hombre y que yo, ya no era una adolescente agresiva y rebelde, era la flor más generosa y dulce del mundo, abriéndose, delicadamente, para que él bebiera de mí, para que yo bebiera de él.

Llegó a mi vulva y comenzó a acariciarla despacio. Las sensaciones se mezclaban y me embriagaban. No quería volver de aquel lugar. Quería quedarme allí y que él se quedara. Comencé a vivir la excitación cada vez más intensa, el clímax, hasta que cuando estaba a punto de tener el orgasmo que anhelaba más que nada, él introdujo sus dedos en mi vagina húmeda y luego su pene, lenta, pero decididamente. El dolor fue desgarrador, parecía que el cuerpo se me abría a la mitad. Aun mareada por el éxtasis no sabía por qué dolía, qué estaba pasando. Quería decirle que se detuviera pero no quería que se detuviera. Finalmente lo sentí dentro de mí, moviéndose, agitándose cada vez más, gimiendo en mi oído, y entre el dolor y la locura, entre el tiempo que dejaba atrás y lo que vendría, su semen fluyendo, marcando un territorio que conquistó para siempre en mí, a los catorce años.

6. Pequeño H

Temblaba cuando me besó por primera vez y temblaba también mientras hablamos, compartiendo unas tartas, en la mesa de aquel apartamento que yo había alquilado por la semana, mientras asistía a un curso.

Lo conocí casi dos años antes de ese día, en una página web de esas en las que uno busca contactos con alguien cuando ya el cuerpo comienza a rendir cuentas por la falta de contactos. Yo contacté con él y él conmigo, y desde entonces nos comunicábamos a diario. Desde el momento cero supe que no pretendía tener más que una amistad con H. Me gustaba su charla, su dramática historia de vida, su ingenuidad. Era intelectualmente brillante e inmensamente triste. Me provocaba sentimientos casi maternales, ganas de abrazarlo y acariciarle el cabello, y decirle que todo estaría bien, mientras se dormía en mis brazos. Pero solo eso.

Sin embargo él quería más que eso desde la primera charla. Yo tenía cuarenta y el veintiocho cuando contactamos. Era tan joven que me daba pena o culpa, o ambas de solo pensar siquiera en tocarlo. A él no le importaba la edad, insistía que su sueño era estar conmigo.

—Sos vos la que tiene problemas con la edad —me decía cada vez que intentaba explicarle que no, que no iba a suceder nada entre nosotros— Capaz tendrías que pensar por qué tenés ese prejuicio.

—Sería como abusar de vos —le respondí varias veces. Y en esa disyuntiva estuvimos por casi dos años antes de ese día. Incluso en una oportunidad le dije que el tema *Creep* de Radiohead me hacía pensar en él, en lo especial que era y que yo me sentía un gusano de solo pensar en tocarlo.

Finalmente y poco a poco fue generándose en mí el deseo de tenerlo frente a mí, no era un deseo sexual, era otra cosa. Quería que tuviéramos la oportunidad de estar a solas y que él viera lo mayor que yo era y la distancia generacional que había entre nosotros. Así que por fin le avisé que estaría toda la semana en su ciudad y H quiso verme el lunes mismo.

Ese día regresé a las seis al apartamento, fui hasta el supermercado a comprarme algo para la cena y le avisé que ya estaba libre. A las ocho llegó. Yo tomaba mate, abrí la puerta y cuando me vio se abrazó a mí con toda la ternura de que es capaz un ser humano. Ese gesto conmovió hasta lo más íntimo de mi ser, siempre me ha conmovido la ternura, tal vez porque no es algo que me salga de forma natural. En realidad cada vez más me he ido dando cuenta de que podré ser todo lo que quienquiera desee pensar que soy, pero no tierna. Le devolví el abrazo.

—Qué lindo verte por fin, eres hermoso —le dije, con total honestidad.

—Ansiaba este momento más que nada en el mundo —me respondió.

—Estoy tomando unos mates, si querés —le propuse.

—Claro, pero sentate cerca de mí —me pidió.

Se acomodó en el sillón que estaba en la sala de aquel apartamento de paso, y yo me senté a su lado, con el mate en mano. Comenzó a mirarme con tal ternura que nadie podría resistirse. Su forma de mirar, deslumbrado, como si estuviera descubriendo un mundo nuevo. Hablamos de no sé qué y él comenzó a tocarme el pelo y el rostro como queriendo cerciorarse de que era real. Mi conciencia, en tanto, me atormentaba bastante. "Es tan joven —pensaba— y tan bello". Luego tomó mis piernas y las puso sobre sus rodillas y mientras hablábamos él me miraba con tanto deseo, que empecé a temer por lo que pudiera suceder esa noche.

—Yo solo quería que nos viéramos en persona —le dije— No tenemos por qué… —No me dejó terminar de hablar y me besó.

A partir de ese beso ya no había marcha atrás. Se generó inmediatamente una atmósfera y flujo de energía tan potente que era como si hubiéramos quedados encapsulados dentro de un burbuja, confinados, y destinados a complacernos, a encontrarnos. Todo parecía conspirar para colmar mis sentidos.

Desde pequeña ya me había dado cuenta de que algo pasaba con mis sentidos del oído, el olfato y el tacto. Hubo momentos en que perdí totalmente el control y oí, olí o toqué cosas que ojalá no hubiera sentido, cosas que otros parecían no percibir, pero yo sabía que estaban allí. Luego, claro, perfeccioné un poco el dominio sobre ese defecto y ya me puse más selectiva. Pero H, H olía a humedad, a casa abandonada que guarda en sus paredes musgosas tantas historias que exigen ser contadas, sonaba gravemente dulce y se sentía cálido pero no seco, era una calidez húmeda, de verano en el monte. Me enloqueció esa mezcla. Ambos pusimos todas las cartas sobre la mesa, en ese juego narcótico en el que nos aventuramos esa noche.

Tuvimos sexo hasta el otro día, una vez y otra vez y otra. En la escalera, en el cuarto, sobre la cama, al pie de la cama, en el escritorio, contra la ventana, en la escalera, en el sillón. De alguna manera, no podíamos parar de hacerlo. Estábamos prendidos, fundidos, fusionados. Entre medio le propuse que comiéramos algo y comimos. Nos sentamos frente a frente, desnudos, en la sala, y no dejaba de mirarme tiernamente:

—No lo puedo creer —me dijo, temblando, mientras comíamos tartas.

Luego seguimos en el ritmo salvaje y tibio en que no hay más lenguaje que el diálogo que generan los cuerpos. H fue lo más dulce que conocí en mi vida, el hombre más sensible que conocí. Con cada eyaculación corrían lágrimas por su rostro como si le doliera el placer, pero quería más y más.

—¿Qué pasa? —pregunté en un momento.

—Soy feliz —respondió con la voz quebrada.

A las diez de la mañana le dije que debía irse, que yo tenía ocupaciones, mientras estaba acariciando el cabello de su cabeza, recostada en mi vientre.

—¿Tengo qué? —me dijo, girando sus ojos para ver los míos.

—Ojalá no fuera así, pero, ya sabés, tengo clases.

—No quiero irme, nunca más.

Y como por fuerza de un hechizo sus palabras me desarmaron. Por un momento dejé de ser la mujer que cree que todo lo puede, la mujer superada, la veterana con un chico en la cama, y fui solo una diminuta criatura en el medio de la nada deseando decir a ese hombre al oído "no te vayas". Ese día amé con locura su olor, el tono de su voz, la calidez de su piel, tal como si fuera la primera vez que amaba, o la única.

Bajamos a desayunar, unos mates con galletitas. H no dejaba de mirarme y mientras me miraba rodaban lágrimas por sus mejillas. Tenía una de mis manos entre las suyas y lo único que logré decir fue,

—Sos el primer hombre de toda mi vida al que deseo llevarme conmigo, te adoptaría.

—Adoptame —me dijo.

Pero un golpe de realidad me sacudió de la hipnosis, volví en mí, y recordé lo que tenía que hacer un rato más tarde. Me puse sería y le dije que se fuera. H se levantó de la silla, volvió a besarme y todo comenzó otra vez. Todo otra vez, hasta que en un momento fui un poco más ruda, y acabó por irse.

H no fue —no es— un ser más en la lista de seres. El solo hecho de tenerlo cerca me hizo sentir que todo el resto del mundo no es más que utilería. Fue tan intensa y tanta la conexión entre nosotros que hoy me pregunto, y cada día desde ese día, por qué no lo traje conmigo. Y sé la respuesta. Sé la maldita, triste, estúpida respuesta. *But I'm a creep.*

7. Prueba de amor

Desde mis experiencias con Diego, muchas cosas empezaron a dejar de interesarme como antes. Si bien no le conté a nadie, solo pensar en él me hacía sentir segura, en cualquier circunstancia que estuviera. A veces en las charlas sin sentido con mis compañeras salía el tema del sexo, empezaba a aparecer las primeras veces con vergüenza y con temor, y de formas que a mí me resultaban extrañas. Una de ellas dijo una vez que tenía que contarnos algo pero que no le dijéramos a nadie:

—José me pidió la prueba de amor —Era la primera vez que oía de la existencia de tal cosa: la prueba de amor. Enseguida, otra de las chicas exclamó exaltada:

—¡¿Se la diste?!

—¡Noooo! ¿Estás loca? Le dije que era muy pronto, recién llevamos ocho meses de novio.

—Si no se la das va a buscar a otra —agregó otra de mis compañeras.

—Sí, o si no se van a los quilombos. Qué asco. Yo prefiero dársela.

—No sé, me da miedo —explicó la novia de José.

Ahí comencé a entender de qué iba la tal prueba. Se trataba de sexo. Lo que no terminaba de cerrarme era que se tratara de una prueba. Prueba me hacía pensar en los exámenes, en los escritos, en las odiosas pruebas de Educación Física. En el amor también, ¿había que rendir? Como siempre yo solo escuchaba. Sentía ganas de decirles que eso era maravilloso, que no tuvieran miedo, pero significaría que me harían preguntas, que no estaba dispuesta a responder.

En esas conversaciones estuve presente en varias ocasiones, la disyuntiva entre sí o no, cuánto tiempo tenía que pasar antes, que si lo padres se enteraban, que había que llegar virgen al matrimonio, que casi sí pero no, que te digo que duele, que si quedaban embarazadas. Ninguna de ellas hablaba de deseo, de ganas de sentir la experiencia de ese encuentro único en el que los cuerpos dialogan sin que medie ni la razón, ni los tabúes ni los miedos, ni otra gente.

Por entonces me di cuenta que jugábamos distintos juegos en ese tema, así que no quise entreverar uno con el otro, y seguí participando de aquellas charlas, solo como testigo. Una vez alguna tuvo curiosidad en saber sobre mí, yo era la única del grupo que no tenía novio, de la que nadie sabía nada, así que vino la pregunta:

—¿Y vos, Lira?

—¿Yo qué?

—¿Por qué nunca tenés novio? Te vas a quedar "para vestir santos" —me dio mucha risa la expresión, se la había oído a mi abuela una vez, cuando chica, y me parecía graciosa.

—No, solo es que no me he enamorado —dije, por decir algo.

—Pensábamos que no te gustaban los hombres —agregó otra.

—No me ha gustado ninguno todavía. Hace un tiempo tuve un novio, Héctor.

—¿Pero fue a tu casa?

—¿A qué?

—Ah, ese no fue un novio. Cuando tenés novio va a tu casa y habla con tus padres, les pide permiso para verte y salir juntos —yo no sabía nada de eso, así que respondí:

—No, no he tenido novio, cuando alguien me gusté, veré.

Y tema terminado.

Sin embargo, me quedé pensando un poco en el asunto. Tal vez yo sí era rara después de todo.

En esos tiempos apareció en mi vida quien sería mi primer y único novio "oficial", Martín.

Era una persona hermosa, dulce, delicada, atenta. Tenía cuatro o cinco años más que yo. Nos conocimos en un baile, en los lentos y desde ahí nos hicimos novios. Estaban pasando el tema *Te amo* de Franco de Vita, cuando nos besamos, por primera vez, y supe que era alguien con quien me gustaría pasar más tiempo. Él me preguntó lo habitual: qué hacía, la edad, en qué barrio vivía, si tenía novio. Yo le pregunté su nombre. Después me pidió para acompañarme hasta mi casa, y noté que me gustaba caminar con él. Desde ese día fuimos novios. Empezamos a vernos con frecuencia, así que avisé en mi casa el suceso y que se llamaba Martín. Parecía que la noticia era bienvenida. Mi madre se mostró entusiasmada y con tono serio, algo raro en ella, me sentenció:

—Llegó el momento de hablar de mujer a mujer.

—Bueno —dije sin mucha expectativa.

—Lira, cuando tenés novio se dan situaciones en las que se besan, se tocan, y puede pasar que más adelante, después de unos meses, él quiera avanzar, ir más lejos, ¿entendés?

—Sí, claro —le dije para tranquilizarla o para que no me molestara con sus consejos inútiles. Me acordé de mis compañeras y pensé "ahora me sale con lo de la prueba de amor y me cago de risa".

—Después de un tiempo, los hombres te piden la prueba de amor, eso significa que quieren tener relaciones sexuales, pero tenés que estar segura, no tenés que hacer nada que no quieras, porque muchos solo buscan eso y después te dejan. Cuando estés decidida me decís y yo te cuento cómo es y vamos al médico para que sepas cómo cuidarte. Lo importante es estar segura y no tener miedo —"No, mamá, no es a eso a lo que tengo miedo", pensé, recordando los ojos siniestros de Marcelo.

—Bueno, sí, yo te digo cualquier cosa —le respondí, no me iba a poner a explicarle lo de Diego ni lo que pensaba de la tan mentada prueba.

Martín y yo pasábamos muy bien juntos. Nos veíamos todas las nochecitas en el frente de mi casa, permanecíamos horas sentados allí, juntos, hablando de muchas cosas. Éramos como amigos. Los fines de semana salíamos a bailar, y por la eventualidad del beso, celebrábamos siempre que pasaban "nuestro tema", y él me lo cantaba al oído. Disfrutábamos bastante la situación.

Un día me preguntó si yo era virgen. Le respondí que claro, que él era mi primer novio. No quería contarle, no tenía por qué.

—¿Acaso estás pensando en pedirme la prueba de amor? —le dije inmediatamente.

—Jajajajaja, no. Eso es una estupidez mi amor —me respondió él, y de alguna manera me alivió bastante, porque sentí que no era como los novios de mis compañeras— las cosas pasan cuando tienen que pasar, no se trata de pedir y que el otro tenga que dar, obligado. Yo no pienso así. Cuando tengamos ganas de estar juntos, lo haremos. No tengas miedo.

—No tengo miedo, Martín. Te pregunté porque sé que los hombres hacen eso.

—No somos todos iguales —me dijo, sonriendo dulcemente y yo sentí deseos de pedirle la prueba de amor en ese preciso momento.

Unas semanas después decidimos, en una conversación, que estaría bueno tener sexo. Planeamos las cosas. Iríamos a un motel en lugar de ir al baile y allí pasaríamos la noche juntos. Estábamos ansiosos los dos. Quería que pasara eso entre nosotros, sentía gran afecto por él y me parecía confiable, aunque sabía que no era Diego, y no lo sería. Era distinto en todo sentido, lo cual no tenía por qué ser algo que no valiera la pena probar.

Llegamos al lugar que habíamos elegido, noté lo nervioso que estaba Martín, le temblaba la voz. En esos tiempos funcionaba así: los hombres iban al lugar donde se rentaban las habitaciones y las mujeres permanecían en lo oscuro, hasta que ellos volvieran con la llave y el número de cuarto, supongo que la idea era cubrir la identidad de las chicas, porque ser hombre y alquilar un cuarto no era mal visto. Pero ser mujer y ser vista saliendo de un motel era básicamente una sentencia por la que seguro una se ganaría un epíteto poco feliz. Él estaba nervioso así que le dije "vamos juntos". Pagamos y nos dieron la llave del cuarto 10.

Una vez dentro, comenzamos a charlar, un buen rato. Él creía que era mi primera vez, supongo que era una de las razones de sus nervios, cada vez más intensos. Finalmente comenzamos a juguetear con nuestros cuerpos, los desnudamos, los pusimos cerca, los reconocimos con las manos, con las lenguas, con el olfato. Todo iba bien, se sentía bien hasta que Martín me tomó de los brazos, me apartó de su cuerpo y, llorando, dijo "no puedo".

—¿No puedes qué? —pregunté sin saber a qué refería.

—No lo puedo hacer, lo siento, no se me para, nunca me había pasado, no entiendo, te amo —sollozando.

Recuerdo ese momento como uno de los momentos en los que sentí más vergüenza en mi vida, no sé por qué. Vergüenza y pena. Pena por Martín.

—Creo que estoy demasiado nervioso —agregó— perdoname, Lira, sé que era importante para vos.

—Tranquilo, no pasa nada —le respondí abrazándolo, desnudos sobre la cama alquilada— si querés podemos ver un médico —agregué. Por alguna razón sentí en el momento que ese tipo de problemas podría ser resuelto con alguna medicación.

Quedamos un rato más, acostados juntos en aquella habitación, y cuando nos avisaron, con un timbre, que terminó nuestro turno, nos marchamos, caminando de la mano, sin hablar, hasta mi casa. Las conocidas calles de la ciudad parecían sudar el frío que se levantaba desde la acera, era invierno y era tristeza. Antes de despedirnos en la puerta, le recordé que todo estaría bien, que nada había cambiado entre nosotros y que lo quería.

Dejamos pasar un par de semanas antes de intentarlo de nuevo, ya habíamos acordado que si volvía a suceder consultaríamos un médico, esa fue mi condición. Esa vez sucedió, tuvimos sexo. Martín se veía feliz, yo me alegré por él, sin embargo, para mí era como si hubiéramos hecho ejercicio. Me gustaban más nuestros besos mientras bailábamos o nuestras caminatas que lo que acaba de suceder. Pero mentí cuando me preguntó si había dolido y si me había gustado. Hice trampa, para que siguiera en el juego.

Unos días más tarde de esa primera vez, apareció la propuesta. Un amigo de Martín, que tenía una casa en un balneario a pocos kilómetros de la ciudad iría a pasar el fin de semana con su novia y lo invitó a que fuéramos con ellos. Fuimos. La idea era pasar desde el sábado al domingo, alcohol y sexo, tal vez algún otro juego, dependería de los anfitriones y de que tan bien me cayeran.

Cuando pasaron a buscarme, en el auto del amigo de Martín, creí que caía desmayada en el instante en que vi al conductor: Diego.

Sin embargo no dije nada, subí al auto, allí estaba

Martín, esperándome, y delante él y su novia de copiloto, una muchacha que me desagradó desde la primera impresión. Diego me preguntó cómo estaba y me miró por el espejo retrovisor como él sabía mirarme.

Fuimos todo el viaje escuchando buena música y los hombres recordaban anécdotas de cuando eran niños, que me contaban jocosos. Lo único en lo que yo podía pensar era en la terrible coincidencia, si acaso lo era. Iba a jugar ese juego, pasara lo que pasara, eso estaba claro, dentro de ese auto iban dos hombres importantes para mí, y una intrusa. En un momento pensé en lo bien que estaríamos los tres, pero ella… ¿qué hacíamos con ella?

La casa era un hermoso chalet que tenía un cartel a la entrada que decía Diego. Noté que todas las casas del baleario tenían un cartel con un nombre delante: Mar sereno, La esperanza, Marijuan, Amanecer, etc. La noche comenzó con el encendido de la estufa y del aparato de música. Los hombres descargaron el contenido que traían en el baúl del auto: alcohol y algunos víveres. Sobretodo alcohol. Yo me acomodé en uno de los sillones de la sala, cerca del fuego, y la otra chica, enfrente. De a ratos me miraba y sé que ambas nos sentíamos incómodas, no nos conocíamos en absoluto y supongo que se notaba bastante que no me interesaba conocerla. Era una joven exuberante, con horas de permanencia frente al espejo maquillándose y eligiendo el atuendo para la ocasión, tacos altos, pantalón de cuero, top rojo con algo que brillaba, amplio escote y una chaqueta de cuero encima. No me gustaba para Diego aunque poco importara eso. Comenzamos a beber bebidas blancas. Yo tomé más Martinis esa noche que en el resto de mi vida. Bailamos Diego y yo, mientras Martín, de a ratos, se sumaba, y volvía a sentarse. La chica solo estaba ahí, sin hablar, como parte del decorado de la lujosa sala, un artefacto de feria en una sala real. La invité a bailar, porque me daba cierta pena verla tan ajena a la diversión, pero no quiso. El alcohol ya había empezado a hacer su efecto y la noche se ponía cálida, en aquel balneario en pleno invierno.

En un momento, Martín, preguntó de dónde nos conocíamos con Diego. Ahí supe que había que hacer trampa, ambos lo supimos.

—Él salió con una amiga un tiempo —me apresuré a decir, y Diego agregó:

—¿La has visto? Nunca más supe nada de ella.

—No, ya no estamos en la misma clase.

—Ah, nosotros nos conocemos de toda la vida —aportó Martín— y cuando le conté que tenía novia me invitó a que te trajera.

No dije nada y nadie dijo nada más al respecto. Comimos unas pizzas que prepararon los amigos, seguimos bebiendo, por momentos sentados en los sillones, por momentos en la alfombra cara que cubría el piso lustroso de la sala, por momentos bailando, pero siempre divirtiéndonos. En un momento, después de más de cinco horas en ese juego, la chica del sillón de enfrente dijo a Diego:

—Quiero ir a la cama.

—Bueno, te muestro dónde es —y la besó levemente en la boca mientras la llevaba pasándole una mano por la cintura, hacia el cuarto. Desde ahí nos gritó—: Ustedes duermen acá —señalándonos el sitio.

Martín y yo avivamos el fuego y nos sentamos en la alfombra, mirándolo sin decir nada. Sabíamos que lo que tocaba era ir a dormir o a tener sexo en la habitación designada. Yo no quería acostarme con él en ese momento, pero él sí quería acostarse conmigo. De modo que así sería.

—Vamos al cuarto —me dijo, acariciándome dulcemente el cabello.

—Vamos.

Después del sexo, Martín se durmió plácidamente, y yo no podía dejar de pensar en la situación. Estaba en la casa de Diego, con otro hombre, que era su amigo de la infancia, y él acostado con una extraña en el cuarto de enfrente. Mis pensamientos se dispararon a mil por hora y empecé a sentir culpa. Me sentía manchada por una terrible suciedad. El cuerpo me pesaba y la cabeza me daba vueltas, parecía que podía incluso ver las manchas en mi cuerpo, incluso sentía que se movían sobre mi piel, como cucarachas, necesitaba darme una larga ducha.

Mientras estaba en el baño, aliviándome de los remordimientos, sentí el golpeteo suave en la puerta. No tenía la certeza de quién sería, pero esperaba que fuera Diego. Él entro. Trancó la puerta y nos besamos largamente, venciendo la espera de más de un año sin vernos. Tuvimos sexo en el baño y luego en la alfombra cara. Nuestros cuerpos se conocían tan perfectamente bien que el diálogo fluyó serenamente. Yo estaba mareada por el alcohol y por la situación y por el éxtasis del reencuentro con mi hombre. Amanecimos sentados frente a la estufa conversando de nuestras vidas sin nosotros. Él me preguntó por qué salía con Martín y yo le pregunté por qué salía con esa chica, de la que no recuerdo el nombre.

—Yo no salgo con ella, la invité a venir hoy, para verte.

—¿Martín sabe algo de lo nuestro?

—¿Estás loca? Ni sabe, ni va a saber, no por mí, quedate tranquila.

—Lo haría pedazos, él es muy sensible, yo lo quiero, Diego, pero ya sabés, vos sos...

—Si, amor, sé lo que somos. Te adoro, eso nunca va a cambiar, siempre vas a ser mi chiquita, toda la vida.

Así permanecimos, juntos, hasta la mañana, sin dormir, disfrutando de nuestras presencias, con los intrusos durmiendo cada uno en un cuarto.

Ya con el sol atravesando los cristales de la ventana, aprontamos un mate y despertamos a nuestros acompañantes para aprovechar el día con una caminata por la playa y un asado a mediodía.

Tiempo después, Martín salió del juego del noviazgo. No tenía nada que ver con el evento de aquel fin de semana en el balneario. Una nochecita, después de nuestra clásica visita formal, él se despidió con gran cariño, incluso me tarareó nuestro tema de De Vita y me entregó una carta para que leyera cuando estuviera a solas. Comenzaba diciendo que yo era demasiado buena para él, que me amaba y que nunca me olvidaría. Dos o tres párrafos estaban destinados a hacerme creer que le daba pena dejarme, que prácticamente estaba cometiendo un suicidio, pero me dejaba, y la razón de peso, que aparecía recién antes de la firma, era que no estaba seguro de si le gustaban los hombres o las mujeres, y me pedía disculpas por eso:

"Mi amor, no sé cómo decirte esto, me da vergüenza, pero sé que podés entenderme, que sos la única que podría entenderme. Estoy confundido, algo me pasa, por eso nuestra primera vez me

pasó lo que me pasó. No sientas que tenés algo que ver, no es culpa tuya, al contrario, me has hecho el hombre más feliz del mundo. Pero ya no puedo más, me siento atraído por un amigo, un hombre. Es horrible, pero es lo que me pasa y ya no sé si me gustan las mujeres o los hombres. No lo sé, mi amor, sé que te amo, como dice nuestra canción, desde el primer momento en que te vi, pero tengo que resolver lo que me está pasando, no sé cómo. Perdón, mi amor, perdón. Lo único que espero es que me perdones. No me atreví a decírtelo frente a frente porque me daba vergüenza, pero no tenés nada que ver, mi amor. Sé que vas a encontrar a un hombre de verdad y vas a ser feliz, porque sos una gran mujer".

Lloré, tirada en la cama por veinticuatro horas. Mi madre se acercaba por momentos para ver cómo seguía como si estuviera cuidando a una enferma y me decía que no me preocupara que ya vendrían otros novios. Fue mi único novio. Ninguno de los que vino después recibió ese título, todos fueron amigos, conocidos o simplemente alguien. Martín fue mi único novio, el único que realmente me dio una prueba de amor y yo a cambio, lloré por él todas las lágrimas que me quedaban, y luego no volví a llorar, nunca más.

8. Como yo...

Teníamos diecisiete años ambos. Aunque frecuentábamos a la misma gente, compartíamos los mismos sitios, e incluso teníamos amigos en común, no lo vi hasta ese día en aquel baile. Yo estaba con la gente con la que solía estar y él, lo mismo, por lo que estábamos ambos sentados a la misma mesa, bebiendo alcohol. En un momento nuestras miradas se encontraron y eso fue todo, todo lo que era necesario para que yo pasara a ser de su pertenencia, según lo manifestó tantas veces.

Sus ojos eran especiales, no sé si en realidad alguien más veía lo que yo, pero sus ojos eran como océanos, no podías evitar caer en ellos. Salimos a bailar lentos, creo que para cortar con el clima que se había generado desde que nos vimos, no dejábamos de mirarnos y estábamos rodeados de nuestros amigos en común, que hablaban de cosas que hasta hacía un rato nos importaban, pero ya no.

Era alto, bastante más alto que yo. Tenía el cabello negro, enrulado y la piel extremadamente blanca, tal vez también por eso es que sus ojos resultaban tan llamativos. Él no sabía bailar, de hecho me lo dijo cuando estábamos en la pista:

—Y ¿por qué me invitaste? —le pregunté, aunque no era necesaria ninguna respuesta.

—No sé, en serio que no sé, es la primera vez que salgo a bailar con alguien.

—Bueno, bailemos —respondí, sonriendo.

Estuvimos moviéndonos, enlazados, sin pensar en un paso determinado, solo moviéndonos, durante todo el resto de los lentos. A medida que iba pasando un tema y otro yo comencé a sentir la familiaridad con ese ser, la cercanía, y empecé a temer que aquello no sería un evento casual en mi vida.

Cuando terminó la música y encendieron las luces, quedamos parados uno frente al otro, mirándonos a los ojos. Creo que ninguno de los dos sabíamos qué hacer entonces, como creo también que nunca supimos qué hacer después.

Él rompió el incómodo silencio:

—Me llamo Ale, ¿vos?

—Lira.

—Lira, me gusta. ¿Sos amiga de los gurises?

—Sí, ¿vos también?

—Claro, son del barrio.

—Es raro, nunca te vi.

—Ni yo a vos.

—Bueno, terminó el baile.

—Sí, eso parece. Quiero decirte algo antes de que te vayas —ya mis compañeros me esperaban impacientes a un lado de la pista.

—Claro, decime.

—No te enamores de mí, puedo hacerte mal.

Yo me reí, y desestimé por completo lo que me dijo, ¿por qué me haría mal?, acabábamos de conocernos.

—Tranquilo, yo no me enamoro —dije con arrogancia.

Me dio un beso en la mejilla y nos separamos.

Durante los días posteriores anduve averiguando lo que pude sobre Ale. Las informaciones no eran para nada alentadoras. Me dijeron que era muy violento, que siempre andaba metido en líos, que a veces robaba, que nunca había tenido novia. Me aconsejaron que no me fijara en él. Pero a esa edad poco importa lo que nos dicen, ni siquiera sé para qué pregunté. Recordaba sus ojos, eran distintos a cualquier par de ojos que me hubieran mirado antes. Pero, así como nunca nos habíamos encontrado antes, aun frecuentando a los mismos amigos, tal vez ya no volviéramos a vernos, pensé, y seguí con mi vida.

Unas dos o tres semanas después, fuimos con Natalia, mi amiga, a la casa de Joaco, uno de los gurises de la barra, a verlo bailar. Él gustaba de bailar rap, se tiraba al piso, giraba, se paraba sobre su cabeza y seguía girando, tenía un gran dominio de su cuerpo. A él le encantaba que lo viéramos bailar y a nosotros verlo. Cuando nos juntábamos allí se formaba un lindo público y lo pasábamos bien. Alguno tocaba la guitarra, varios cantábamos, y el broche de oro, Joaco bailaba. También bebíamos vino en una botella de plástico que cortábamos al medio y llenábamos con el vino que pudiéramos comprar entre todos y con jugo de naranja, para que alcanzara para todos. Chupe y pase. La prima de Joaco, que era una muchacha bastante mayor que nosotros y ya tenía tres hijos pequeños, preparaba algunas pizzas o tortas fritas, y nos pasábamos buen rato en esa fiesta.

Con Natalia habíamos ido varias veces. A ella le gustaba un chico, que después fue su esposo y a mí me gustaba Joaco. Siempre me atrajeron los hombres que saben bailar, pero además, él tenía otras cosas que también me parecían interesantes. Nos habíamos besado algunas veces y eso se había sentido bien. Cuando todos terminaban de irse, yo me quedaba siempre en su casa y conversábamos durante un largo rato. Habíamos logrado una linda amistad.

Ese día, cuando estábamos en pleno jolgorio, vi aparecer a Ale. Era imposible no verlo porque era más alto que todos. Bastante más alto. Se sumó al grupo y unos minutos después estaba a mi lado.

—Hola, ¿cómo estás? —me apresuré a decir, por alguna razón sentí que no quería que supiera de mis juegos con Joaco.

—Bien, ¿vos? Vine a verte, te estuve buscando desde el baile.

—Ah, pensé que venías a la juntada.

—Sí, también, aunque no me gusta mucho esto de mirar bailar. Pero como calculé que estarías acá, vine. Vivo en la esquina —señalando un complejo habitacional.

—Yo siempre vengo, me encanta cómo baila el negro —Joaco era negro y por eso le decíamos así.

—¿Vos andás con él? —me preguntó firmemente y mirándome con esos ojos, en los que, sencillamente, caí.

—No, ni ahí. Es un amigo.

—Mejor, porque vos sos mía.

Me paralicé por un momento. ¿Qué significaba eso, exactamente? ¿Suya? Ni siquiera nos habíamos besado. Solo nos vimos una vez. ¿Qué estaba pasando? Deduje que era una broma o una estrategia para acercarse, así que le quité importancia al comentario y seguí el juego:

—¿Ah sí? ¿Y por qué sería tuya?

—Cuando te vi el otro día me di cuenta que vos sos mi mujer, que ya no vamos a separarnos nunca más.

—Pero si solo bailamos…

—No importa lo del baile, cuando te vi, te conocí. Sos mi Lira, mi mujer para siempre.

—Ah, mirá… Bueno, gracias por avisarme. ¿Y que se supone que vas a hacer? ¿Me vas a llevar con vos o qué?

Él me tomó de una mano y me dirigió hasta la esquina, lejos de la multitud. Se paró frente a mí, encorvó su cuerpo y con sus dedos entre mi cabello me besó tiernamente. En ese mismo instante, creo que me enamoré. Su saliva, su lengua, sus labios, su aliento, nuestro ritmo tan nuestro, no sé, algo en mí pasó que hizo que por un momento le encontrara sentido al hecho de "ser suya". Si bien ya lo había intuido al ver sus ojos, o al mover nuestros cuerpos sin compás en la pista, definitivamente con ese beso confirmaba la familiaridad que me hacía sentir ese hombre. Se sentía como si simplemente, él y yo, no fuéramos dos seres individuales, sino uno solo, un único ser que volvía a componerse.

Cuando volvimos con el grupo, ya quedaba menos gente. Allí estaba Natalia esperándome y Joaco, con su encantadora sonrisa, me abrazó tiernamente y me preguntó si me quedaría un rato con él. Ale, respondió sin titubear:

—No, no se queda.

Y yo no dije nada. Joaco tampoco.

A partir de ese día, donde fuera que yo anduviera, Ale aparecía. No es que quedáramos de acuerdo, simplemente él sabía, aun no resuelvo cómo, pero ahí estaba. Y si él estaba, yo era con él. Me presentaba a todos como su mujer. A mí me causaba gracia, teníamos diecisiete años, pero no me molestaba realmente.

Pasó un tiempo antes de que tuviéramos sexo. Parecía que a ninguno de los dos nos preocupara mucho esa parte, pero cuando pasó, la primera vez, ya no había vuelta atrás. Nuestros cuerpos eran piezas de un puzzle que por fin se terminaba de armar, como si hubiésemos estado buscando la pieza faltante durante largo tiempo y al fin, ahí estaba. Encajábamos perfectamente. Teníamos sexo durante largas horas, simplemente no podíamos parar de estar así, fundidos, siendo uno.

Yo, a esa altura, sentía que eso debía ser el amor, que me habría enamorado en serio, y que quería pasar el resto de mi vida con ese hombre. Él, ya lo había dicho, "era suya", así que supuse que sentía lo mismo.

No era lo mismo.

A veces yo salía y no me lo encontraba, entonces conversaba o bailaba con otros chicos, pero en algún momento de la conversación, él aparecía. Todos sabían que yo era suya.

—Sos la mujer del Ale —me decían. Tenía que quedarme callada, no podía rebatir eso. Mucho menos explicarlo. Así que estuviera o no, siempre se encargó de estar.

Fue transcurriendo el tiempo. Ambos habíamos cumplido los dieciocho, solo nos llevábamos un mes de diferencia, y habíamos pasado mucho tiempo juntos. Sin embargo no teníamos una relación como la que tiene todo el mundo. Era un vínculo sin etiquetas pero ciertamente intenso.

Un día alguien me avisó que Ale estaba preso. Yo no sabía qué hacía él cuando no estábamos juntos. Me habían dicho que consumía drogas, nunca lo vi. Me habían dicho que era violento, nunca lo vi. Me habían dicho que robaba, nunca lo vi. Así que fui a la cárcel a la hora de la visita.

Esperé en la fila, con todas esas mujeres que llevaban alimentos y otras cosas para sus maridos. Cuando me tocó el turno de entrar, me hicieron pasar a una oficina y me revisaron todo el cuerpo, antes de dejarme ingresar al patio. En ese lugar estaban los presos y sus mujeres. Algunos tenían niños, que también estaban ahí. Me senté en uno de los bancos y esperé hasta que Ale apareció.

—¿Qué hacés acá?

—¿Qué hacés vos acá?

—¿Qué te parece? Estoy de turista —y se rió.

No me causó ninguna gracia. Me sentí muy indignada con él y conmigo. Pero al mismo tiempo solo sentía deseos de abrazarlo y acariciar su cabeza.

—Ale, ¿qué hiciste?

—No importa. Lo mejor va a ser que te alejes de mí. Ya te lo dije el primer día. Sos una buena tipa, no te juntes conmigo, este no es un lugar para vos.

—Pero te quiero.

—Sos mi mujer, eso no va a cambiar nunca en la vida. Pero ahora andáte. No sos como ellas —señalando a las mujeres desparramadas por el patio con sus maridos y sus pequeños.

Me miró de esa manera que solo él tenía de mirarme y sentí que era yo la que estaba encerrada en aquel lugar. Tomé sus manos, para sentirlas una vez más, y me largué.

Traté de averiguar con nuestros amigos en común y supe que había robado en un almacén. Y aunque sentía gran impotencia y dolor y culpa —no sé por qué— tomé la decisión de alejarme, como él había sugerido.

Anduve otros caminos, otras ciudades, otras personas. No pregunté por él, aunque llené cuadernos escribiendo sobre nosotros, sobre el amor, sobre la eternidad. Me perdí por un tiempo en un nuevo juego, uno de excesos y de experimentaciones del que estuve a punto de no poder salir.

Bastante tiempo después, andábamos con Natalia en una fiesta, en otra ciudad. Allí, una vez al año, se juntaban jóvenes de todas partes a celebrar la primavera, había desfiles, carrozas adornadas, bailes, ferias, fogones en la playa. Y sobre todo, había alcohol. Nosotras estábamos mirando los peluches en un estand, y habíamos apostado a que ninguna de nosotras se animaba a tomar uno y meterlo entre la ropa sin ser descubierta. Así que por un buen rato jugamos a eso. Finalmente vi uno que me hizo pensar en Ale, y deseé tenerlo, aunque sabía que no podía comprarlo. De manera que me encargué de ponerlo entre mi cuerpo y el abrigo que llevaba encima y gané la apuesta. Era un león sentado. Nos marchamos de allí riendo a carcajadas por la hazaña y de pronto, en la multitud se oyó un grito:

—¡Lira, te amo! ¡Liiiiiraaaaaaa! ¡Liiiiiraaaaaaa, mi amor! ¡Sos el amor de mi vidaaaaaaaa!

—Es el Ale, Natalia.

—Vámonos rápido —respondió ella, que tenía temor de que yo volviera a tener una historia con él. En realidad, nadie quería eso.

—¡Liiiiiiiiiraaaaaaaaaaaaaaaaaa! —el grito no se calmaba, pero no podíamos ver de dónde venía.

Ambas corrimos entre la gente y salimos de la feria. Aunque yo quería quedarme. Pero una cosa había aprendido en esos tiempos: que lo que uno quiere y lo que uno debe hacer no son la misma cosa.

Nos fuimos a la playa, bebimos mucho alcohol, nos juntamos con desconocidos, reímos, cantamos, seguimos bebiendo. El león descansaba en mi mochila.

Era casi la tardecita cuando lo vi aparecer. Alto, hermoso, único, mío.

Nos abrazamos efusivamente.

—¿Eras vos, en la plaza?

—Claro, quién más. ¿Ya te olvidaste que sos mi mujer?

—No, no me olvidé. ¡Qué bueno verte! ¿Cómo estás? ¿Cuándo saliste?

—¿Qué, sos botona? —dijo riéndose, con esa carcajada que se encuentra en la lista de mi música preferida desde que la oí por primera vez.

—No, no. Vení, quedate con nosotras.

Seguimos la jornada con Ale sumado al grupo, el disgusto de Natalia y mi alivio.

Unos días después fui a su casa a verlo y a llevarle el león de peluche. Él me dijo que me había visto comprarlo y nos reímos. Escuchamos The Police tirados en su cama, cantamos a dúo varios de esos temas, y sobre todo el que más nos gustaba a ambos: *Roxanne*. Él me dijo que había un tema que me dedicaba, que expresaba lo que él sentía por mí. No era de The Police sino de Bon Jovi, que lo buscara y lo escuchara y que pensara en él. Hablamos largo tiempo, me contó sobre su madre, sus hermanas, sus sobrinos, la muerte de su padre. Me contó del liceo sin terminar, de sus deseos de irse a vivir a otra ciudad conmigo y comenzar de cero. Me dijo que sabía de chapa y pintura y que con eso se podía hacer buena plata. Yo solo escuché. En el fondo sabía que mis planes de futuro no lo incluían a él y que si lo incluyeran dejarían de ser mis planes, tan perfectamente pensados, como una obra arquitectónica a la que solo le faltaban los ladrillos. ¿Dónde encajaría Ale en esa historia? No. No lo haría. De manera que disfruté ese tiempo con él, y luego los que vinieron, pero con la idea clara de que yo no tenía la intención de llevarme a nadie conmigo al futuro.

No pasó mucho tiempo para que terminara de confirmar mi decisión, fue cuando Ale dio las primeras muestras de violencia.

Un día, salimos juntos del baile, y cuando íbamos a unas cuadras, él tiró de un revés el vaso con cerveza que yo llevaba en la mano.

—¿Qué hacés, idiota? —le dije mientras me secaba la cara salpicada.

Él me tomó fuertemente de un brazo y me dijo, alzándome la voz:

—No vuelvas a decirme idiota. Mi mujer no es una cualquiera, no toma.

Me di cuenta de la amenaza y decidí tomarlo como un incidente aislado, pero no lo era.

Tiempo después, íbamos caminando, de madrugada por la calle, riéndonos no recuerdo de qué, y cuando pasamos frente a una pareja, que, al parecer, estaba despidiéndose en la puerta de una casa, él se volvió y comenzó a golpear al chico. Lo golpeó ferozmente, como enceguecido, y mientras le pegaba, con su gran tamaño sobre el flacucho y desvalido muchacho, se reía. La chica y yo no lográbamos sacarlo de encima del, para mí, desconocido. Él le pegó hasta que el muchacho ya no se movió más. Y luego se detuvo y dijo "vamos".

Fuimos varias cuadras sin hablar. Yo sentía que me iba a desmayar de la taquicardia que sentía, pero no sabía qué hacer. Estaba sola en la madrugada, en la calle, con él.

—¿Te gustó? —me dijo.

—No. No me gustó. ¿Por qué hiciste eso?

—Lo hice para vos mi amor. Fue un regalo —me dijo con ternura y pasó su brazo alrededor de mis hombros.

—No vuelvas a hacerme regalos —fue lo único que pude decir.

Ese fue el comienzo de los regalos. Luego golpeó a hombres desconocidos para mí, en el baile, fuera del baile, en la playa. Y si veía a alguien de sexo masculino hablando conmigo, lo buscaba y le pegaba, por lo que tuve que optar por no hablar con nadie. Le pedí que se detuviera, pero se rio.

En una oportunidad, yo estaba en un baile, con un grupo de amigas y vino un chico a decirme que el Ale me llamaba, que fuera a la puerta de la cantina. Temí que me esperara con algún otro regalo, pero fui. Una vez frente a él me abrazó fuertemente y como un torbellino comenzó a hablarme:

—Mi amor, mi gran amor. No puedo seguir así, no puedo más. Lo único bueno que me pasó en la vida sos vos. Sos todo para mí. No quiero que nadie te mire, se te acerque, nada. Sos mía. Sos mi Lira. Me paso todo el día pensando en lo que haría si alguien te toca. O si te vas con otro. Necesito saber que no vas a dejarme. Decilo, ¡decilo!

—Yo no quiero dejarte, Ale, pero esto tiene que parar. A veces me das miedo.

—No, no, no me tengas miedo, mi amor. Yo solo quiero cuidarte, tenerte conmigo. Para siempre.

Por alguna razón me conmovieron sus palabras. Tiempo antes, cuando habíamos estado separados, mientras Ale estuvo preso, yo había andado enredada en juegos siniestros. Jugaba a las escondidas con la muerte. Viví al filo, con la adrenalina del peligro como alimento. Jugué con todo lo que se me puso al frente y, cuando no había con qué jugar, yo salía a buscarlo. Fueron tiempos que recuerdo como una larga noche fría y lejos de casa. En algún momento había sentido deseos de que alguien quisiera cuidar de mí, durante esa noche. Él no sabía nada de eso, y no debía saber.

Después de la confesión nos besamos tiernamente y nos fuimos juntos del baile. Me pidió que lo acompañara a un sitio, que tenía algo para mí, y me adelantó que no me preocupara que no era uno de sus regalos, mientras se reía. Caminamos abrazados, como uno solo, hasta llegar al río. Una vez allí, él me dijo que cerrara los ojos para darme la sorpresa. Estábamos sentados en la hierba húmeda y al abrir los ojos me mostró el arma. Era una pistola. Quedé inmóvil y comenzó a besarme por el rostro con extrema delicadeza.

—Es para nosotros, mi amor. ¿Te gusta? —me dijo mientras una de sus largas y fuertes manos me sostenía del cuello.

—No, Ale, tengo miedo a las armas. ¿Por qué tenés eso? ¿Para qué? —pregunté apartándome de él pero sin pararme, arrastrándome en el pasto mojado hasta un árbol.

—Es para nosotros, mi amor. Para acabar con todo. Después de habernos encontrado ya no existe más nada, nada que valga la pena. Desde hoy estaremos juntos para siempre, nadie podrá separarnos nunca más.

Entendí la idea y sentí el temor más intenso de mi vida. Me di cuenta en ese punto que mis experiencias anteriores eran juegos de niño comparadas con esa situación presente. Pensé en Diego, pensé en Martín, pensé en los ojos del profesor y en mi madre. Yo no iba dejar que eso pasara, no iba a morir esa noche y él tampoco.

—Yo no voy a dejarte nunca, Ale, nunca —le dije. Tenía ganas de llorar, pero ya no lloraba desde los dieciséis, desde la carta de Martín— Dejá eso y vení, vení conmigo, mi amor —le pedí con aplomo.

—¿Vos creés que estoy jugando, no?

—No, mi amor, te entiendo. Pero tenemos toda la vida por delante, nos iremos juntos, como hablamos. Y vamos a vivir juntos toda la vida, muchos años. Vení amor, besame.

No pudo resistirse al pedido y dejó la pistola en el piso. Se arrojó sobre mí y tuvimos sexo, pero no como siempre. Era con rabia, con dolor, salvaje. Con cada penetración yo sentía que me rompía algo por dentro. Nuestros cuerpos, que encajaban tan perfectamente bien desde el primer día, estaban desencontrados, como desconocidos. Era un hombre violentándome. Aguantaba el dolor mientas pensaba que no estaba sola, que había otras conmigo, como cuando me encontré por primera vez con los ojos de Marcelo, la misma punzante sensación de fuerza en el terror y en la indefensión total en la que me encontraba. Tirada sobre el pasto, con un hombre golpeándome con su sexo, por todo el cuerpo, y un arma destinada a mí, reposando a un lado, como testigo. Aquello parecía no acabar.

Cuando por fin llegó el reposo él se abrazó a mi cuerpo y comenzó a llorar como un niño pequeño, pidiéndome disculpas. Yo lo contuve por un rato, acariciándole la espalda, para calmarlo, mientras todo dolía. Por dentro y por fuera, todo dolía y no tenía que doler. Finalmente le pedí que me dejara ir, le dije que superaríamos el episodio, que se fuera a dormir para pensar más claramente al otro día. Él se apartó de mí y apenas susurró:

—Andáte, Lira, andáte.

Inmediatamente me incorporé, acomodé mi ropa y salí caminando sin mirar atrás. No sabía si al darle la espalda sentiría el impacto de la bala sobre mí o sobre él, no lo sabía, pero sentía que no estaba sola, en el medio de la nada, no estaba sola. Así que comencé a caminar con dificultad. Me dolía todo el cuerpo y sobre todo la zona pélvica. Supe que no debía llegar a mi casa. No así. Desvié el camino y me dirigí a la casa de mi tía, era de madrugada pero sabía que ella me abriría la puerta y no haría preguntas. Solo necesitaba llegar a un sitio seguro, darme una ducha y meterme en una cama. Era lejos pero me pareció haber llegado enseguida. Cuando ella me vio, no sé lo que vio realmente, pero me abrazó, me dijo que pasara y que después hablábamos. Luego vi los magullones en mi cuerpo, la sangre que caía mezclada con el agua de la ducha, la ropa sucia como si hubiera estado en una lucha en el barro o en un chiquero. Dormí todo el día siguiente, no pude levantarme, el cuerpo no me respondía. Mi tía no preguntó.

Después de ese episodio, decidí que tendría que cortar definitivamente con él para que no siguiera lastimando personas, yo incluida. Así que me armé de valor y fui hasta su casa, a la hora que sabía que estaría su madre, y le hablé en la puerta:

—Ale, yo te quiero mucho, en verdad, mucho. Pero esta relación ya no me gusta. No soy como vos. No le pegaría a nadie. Odio la violencia. No sé qué te pasa, pero no me gusta. Tampoco quiero morir, ni que vos mueras.

—¿Me estás dejando?

—Sí.

—¿Sabés que no podés?

—Sí que puedo.

—Sos mi mujer, Lira. Para siempre. Nada ni nadie puede cambiarlo, ni vos. Así que andá nomás. No vas a dejar de ser mía.

Me apuré en huir del lugar y evité salir por un buen tiempo, para no encontrarlo. A esa altura estaba empezando a sentir miedo todo el tiempo. También vergüenza y culpa, de haber llegado a ese punto, eso me hacía sentir culpable.

Pasó un tiempo en que no tuve noticias, por lo que deduje que me había olvidado. Así que decidí que era momento de seguir disfrutando de mi juventud. Salí con Héctor de nuevo, con Diego, conocí a un hombre que mejor olvidar, conocí a otros. Aprendí y desaprendí varias cosas. Sin amor y con Ale presente todo el tiempo en mi pensamiento y en la memoria de mi cuerpo.

Una noche, estaba en la casa de mi madre y como se había hecho tarde, me quedé a dormir. En mitad de la noche, escuché golpes en la ventana. La habitación en la que estaba daba a un patio abierto por el que pasaba gente. Quedé en silencio un rato, y volví a oír los golpes, eran piedras contra la persiana. Decidí fijarme, abriendo apenas un claro para mirar y allí estaba Ale, parado. Empecé a sentir que el corazón se me salía del pecho y que la cabeza me presionaba desde dentro. Abrí la ventana y lo dejé entrar.

Él saltó hacia el cuarto, me alzó con sus dos manos, me puso contra la pared y me empezó a besar con furia, con violencia. Luego tuvimos sexo contra la pared, en la cama. Una vez y otra vez. Sin hablar. Se sentía tan bien, como si todo volviera a su sitio. Era él, mi Ale, del que me había enamorado. Pero tenía que acabar.

Casi pronto a amanecer, él me miró tiernamente durante un largo rato, volví a caer en sus ojos océano, acarició mi cabello con delicadeza y cuando quise hablar, puso su dedo sobre mis labios:

—No digas nada, mi amor, mi Lira. Tengo que irme.

Y se fue. Me enteré al otro día, que se había ido a trabajar a otra ciudad.

Estuve varios días pensando en aquello. Mi consciencia me decía que no, que no podía permitirlo de nuevo. Pero mi deseo, mis sentimientos, perecían no temer a nada, ni aun a la muerte.

Un par de meses después, una tarde cualquiera estuvimos con mi hermano escuchando música y charlando. Él y yo compartíamos los mismos gustos musicales y me había prometido un cassette nuevo que nos dispusimos a escuchar. Cuando empezó a sonar la voz de Bon Jovi sentí el fluido helado que me recorría el cuerpo, mezclado con la sangre.

—Escuchá el que viene ahora —dijo Javier— te va a encantar.

Bon Jovi comenzó su balada en español:

—"Yo no vi las flores marchitar, ni ese frío en tus ojos al mirar, no, no vi la realidad, me ibas a dejar...".

—¿Cómo se llama? —pregunté a mi hermano.

—*Como yo nadie te ha amado.*

Y escuché el resto del tema llorando por dentro, desgajándome, muriendo, y lo volví escuchar otra vez y otra. Y oía a Ale con su lamento sin fin diciendo que seguiría ahí, que siempre seguiría ahí. Fuera o dentro, no lo sabía.

>"Yo no vi las flores marchitar
>ni ese frío en tus ojos al mirar
>no, no vi la realidad
>me ibas a dejar.
>[...] Sé que en verdad el amor al final siempre duele,
>no lo pude salvar y hoy voy a pagarlo con creces, baby.
>Si mis lágrimas fueron en vano
>Si al final yo te amé demasiado
>Como yo, como yo nadie...".

Seguro que no, que nadie como él.

9. Juguemos en el bosque

Él tenía más que el doble de mi edad. Lo conocí en la época en que Ale estaba preso. Yo era muy joven y bastante rebelde. Era un hombre poco agraciado desde el exterior. Desagradable, podría decirse. Su rostro era asimétrico, avejentado, oscuro. Su cabello desarreglado, algo largo, opaco y de color oscilante entre el negro de su juventud pasada y las primeras canas que le habían comenzado a salir. Era bajo de estatura, delgado. Su cabeza parecía que fuera de otro cuerpo, desproporcionada en tamaño en relación al cuerpo.

La primera vez que lo vi pensé en lo desagradable que me parecía, incluso el tono de su voz y su forma de hablar. Por buen tiempo evitaba las conversaciones con él, por el rechazo que me producía. Compartíamos un grupo en el que nos veíamos semanalmente. A veces deseaba que él faltara para no verlo. Su risa me molestaba bastante, el sonido.

Sin embargo en una ocasión entablamos una conversación que me resultó interesante. Tenía que ver con las experiencias de supervivencia en ambientes naturales, sin la presencia de la cultura. Me recordaba a Robinson Crussoe, una de las novelas que más disfruté cuando niña. Ese tipo de experiencias me convocaba bastante, y él, parecía saber del tema. Así que comenzamos a acercarnos en una rudimentaria amistad. Comentó que nunca se había enamorado porque buscaba a alguien que compartiera su afición por la vida en el monte. Me contó de los frutos y las raíces comestibles que se pueden encontrar entre los árboles, de cuáles eran dañinas para el ser humano, de los sonidos que se oyen en la noche, de los amaneceres junto al río, de días, tardes y noches allí, jugando a sobrevivir. Me pareció emocionante.

Fuimos estrechando el vínculo, y comenzamos a vernos fuera de nuestro sitio habitual de reunión. Salimos a tomar mate, a caminar, a sentarnos por las plazas a charlar y a juntarnos bastante a menudo. Esto hizo que dejara de parecerme tan desagradable y desarrollara cierto cariño por su persona. El hecho de que fuera mayor me empezó a atraer de cierta manera, había vivido el doble de vida que yo, seguramente aprendería alguna cosa con él.

Un tiempo después, estábamos en un motel a punto

de compartir intimidad. No sé por qué. Solo estábamos allí.

Yo me predispuse, pensando que en definitiva solo era un hombre con el que tener sexo. Así que no me pareció tan alocada la idea de estar con él.

Fuimos a un motel que, en sí mismo, era un lugar repugnante. Las paredes parecían de papel, por lo que todo el tiempo ese oían las conversaciones y sonidos de los cuartos contiguos. La habitación era pequeña y sin baño.

Cuando estuvimos allí, me recosté en la cama mugrosa, y él se sentó sobre mis piernas, para decirme, con total parsimonia:

—Me falta un testículo.

Se ve que se me desorbitaron los ojos, o me cambió el tono de la piel o algo, porque se precipitó a continuar:

—No pasa nada, eso no afecta. Es que sufrí un accidente en un certamen de yudo y lo perdí y ......

Siguió hablando, pero ya no quise escuchar más, no es que hubiera pensado alguna vez en discriminar a alguien porque le falte un componente del cuerpo, sino que me dio mucha repugnancia que me dijera eso, antes de llevar a cabo el acto por el que estábamos allí, como una especie de advertencia o de trofeo de guerra. No sé cuál era su intención, pero de pronto volví a tener frente a mí al ser desagradable del principio. De todas maneras pensé en aligerar el trámite y le dije que no importaba, que disfrutáramos el momento.

Él se desvistió y yo hice lo mismo.

Comenzó a besarme y a tocarme y lo dejé hacer. Apenas puse mis manos sobre él. Incluso comencé a sentir un olor que me empezó a dar náuseas, que dudo que fuera un olor que emanara de su piel, sino que llegaba desde más adentro.

Él quiso sexo oral, como todos, y yo se lo di. Evitando tener contacto con la ausencia en su escroto.

Luego todo acabó y me apresuré a irme a casa, para bañarme.

A partir de esa experiencia, el hombre quedó enamorado —según sus dichos— y ya no me lo pude sacar de encima por un buen tiempo. Se convirtió en otra cosa. En un tipo romántico que me enviaba flores y buscaba sorprenderme todo el tiempo.

Un día me propuso que fuéramos a acampar a una isla que quedaba río abajo, por la semana de turismo. Lo pensé un poco y me gustó la idea, sabía que tendría que tener sexo con él, pero pensé que incluso, toda una semana, solos, en una isla sin gente, podría ser una buena oportunidad para que él demostrara que sabía más de lo que parecía respecto del sexo, a juzgar por su edad y por su supuesto amor hacia mí. Como me dijo que no me preocupara, que él llevaría todo, no me preocupé.

Solo avisé en mi casa que no estaría por una semana, y nada más.

Salimos en la madrugada, hacía frío y pasó a buscarme en su camioneta, que, a mi juicio, no llevaba demasiadas cosas, teniendo en cuenta que nos íbamos por una semana.

Llegamos al río, me mostró cuál era su bote, y cargamos las cosas entre los dos.

No había amanecido todavía y el espectáculo del río era increíble.

Comenzó a remar río abajo, su hijo iría por la camioneta esa misma mañana. Tenía un hijo de mi edad que yo no conocía ni quería conocer.

Mientras remaba fue apareciendo el sol desparramándose sobre el agua casi quieta. Los sonidos del ambiente, la frescura del amanecer, los colores… era un óleo impresionista que no olvidaré jamás. Ahí comencé a desarrollar alguna esperanza de que, en verdad, aquella podría ser una buena experiencia después de todo.

Mis ilusiones y mis expectativas duraron lo que duró el trayecto hasta la isla. Una vez allí, él encalló la chalana y me ordenó:

—Bajá las cosas.

No estaba acostumbrada a que un hombre me diera órdenes. Lo miré con odio, pero me encontré con un par de ojos oscuros que me pusieron en alerta, los ojos de

Marcelo, así que, bajé las cosas sin emitir palabra.

—Vamos a hacer campamento acá —me dijo, señalándome el sitio, en un claro del monte, el resto eran filas de árboles y río.

Luis se puso a levantar la carpa y me ordenó —de nuevo— que trajera leña.

—De dónde —pregunté.

—No ves que está lleno de árboles, tomá —me dio una especie de espada, un arma larga y curvada, con gran filo— con esto vas a poder.

Fue la primera vez que tuve miedo con él, miedo real.

Comencé a internarme en el monte, a oír sonidos que desconocía, a juntar ramas y hojas secas, mientras pensaba qué hacer con esa arma, cómo cortar leña. En un momento sentí el movimiento en la tierra, entre mis pies. Había víboras que transitaban entre ellos. No quise alarmarme, pensé que no podría salir corriendo de allí y que lo único que tenía, si necesitaba ayuda era a ese hombre. De manera que guardé la calma y comencé a pensar, desde entonces, y durante toda la semana, la forma conveniente de escapar, aunque las posibilidades eran bastante escasas.

Cuando volví, con mis brazos repletos de ramas y hojas, las tiré sobre la tierra. La carpa ya estaba armada y el hombre esperaba la leña para hacer fuego y aprontar su mate. Me miró, con los ojos desencajados, y me dijo, gravemente:

—¿Crees que esto es leña? Voy a tener que enseñarte todo. Dejame a mí.

Tomó el arma que me había dado y se internó en el monte por unos minutos. Volvió con leña.

Yo aproveché y revise el interior de la carpa. Advertí que había unas frazadas sobre el piso y una escopeta al lado, como durmiendo. Me impresionó por el tamaño, nunca había visto una.

Sentí miedo, de nuevo.

Salí rápidamente, antes de que él volviera. A esa altura ya había entendido que ese sujeto era decididamente una amenaza para mí y que sobrevivir tendría que ver con pensar rápido y actuar, hacer un buen papel.

En poco tiempo encendió un gran fuego, se sentó cerca de él, puso una cacerola negra con agua del río, prendió una pequeña radio en la que sonaba música folclórica y me dijo:

—Vamos a tomar mate.

Sin decir una palabra me ubiqué frente a él, fuego mediante, sin dejar de pensar en la situación. De a ratos me venía un sentimiento enorme de culpa, pensaba que merecía estar allí, indefensa y en peligro, por todas las veces que, con soberbia, hice saber a otros que me valía por mí misma. No era cierto. Estaba comenzando a aprenderlo.

Como si pudiera leer mis pensamientos, Luis me interrumpió y dijo:

—Bueno, nena. Acá estamos. Ahora me vas a demostrar que sos digna de mí, de ser mi mujer.

—Eso qué significa —respondí, temiendo la respuesta, y queriendo decirle: "yo no quiero ser digna de vos, ni de nadie, viejo de mierda, enfermo".

—Significa que me vas a demostrar que podés sobrevivir en el monte, sin nada, y que podés hacerme sobrevivir a mí. Te vas a encargar de alimentarnos. Así que te voy a enseñar a tirar el trasmallo en el medio de río y recoger los pescados, te voy a mostrar cuáles se pueden comer. Vas a tener que buscar en el monte los alimentos comestibles, conseguir el agua…

—¿No trajiste comida? —interrumpí.

—No, claro que no. Para eso estás vos. Ah, también vas a lavar mi ropa. Yo me voy a encargar de la leña, ya vi que andan víboras.

Hice silencio. Tenía unas ganas enormes de ponerme a llorar, pero recordé lo de la rapidez mental y me aguanté, sumado al hecho de que ya hacía dos años que no lograba llorar.

Él me miró con gran complacencia y comenzó a hablarme de sus historias, como antes, cuando lo escuchaba.

Cerca de mediodía subimos en su chalana y fuimos a la mitad del río, con una red, y una lata con lombrices, que tuve que conseguir un poco antes, arañando la tierra de la orilla. Nunca había tocado una lombriz, y menos tomarla viva y ponerla dentro de una lata. Se me revolvía el estómago y pensaba: "mente fría, mente fría".

Cuando llegamos al lugar elegido por él, en el medio del río, donde corría el agua con mayor fuerza, detuvo el bote, tomó la red llena de anzuelos y me dijo:

—Encarná.

Supuse que refería a enganchar las lombrices en los anzuelos, no quise preguntar, y sí, era eso. Tomaba cada una de las lombrices y la atravesaba por el acero punzante. Mientras pensaba en el hombre, sentado delante de mí, en ese bote, me venían ganas de matarlo. Nunca, en ninguna otra circunstancia sentí ese deseo de matar.

Me esmeré en aprender lo que me enseñó y se ve que lo hice bien.

Cuando estaban todos los anzuelos con lombrices colgando de ellos, él extendió la red sobre el agua, con una bollas, supuse que para que no se hundiera, me miró, sonriendo y me dio la sentencia:

—Antes de que amanezca tenés que venir, tomar los pescados y volver a encarnar.

—Pero, no sé remar —dije casi temblando.

—Vas a tener que saber —respondió recio, y volteó para comenzar a dirigir el bote hacia el campamento.

Quería llorar, pero recordé que no podía. Me di cuenta que no tenía ningún sentido hacer preguntas o exigir nada, estaba a su merced. Se trataba de sobrevivir, de cierta manera en alguna de las conversaciones previas él había desarrollado para mí, su teoría de la supervivencia. Ahí, en ese momento me tocaba usar ese conocimiento que antes me había parecido anecdótico.

Después me mandó a buscar raíces comestibles y frutos, para hacer una sopa. Lo hice. Ni siquiera le pregunté si eran o no eran, solo metí todo lo que se parecía a algo conocido dentro de una cacerola con agua de río y lo puse al fuego. Cuando eso hirvió, él lo saboreó encantado y yo lo bebí porque pensaba en que lo último que podía permitirme era debilitarme. Transcurrió el primer día. Me dolían los músculos de todo el cuerpo, como tantas veces, como desde que era niña, aunque no supe hasta más adelante que esa era la forma en que mi cuerpo manifestaba la tensión, la angustia y el estrés. Pero no dije nada. Sentía que lo que tenía que hacer exactamente en ese punto y hasta que la pesadilla terminara era mostrarme fuerte, irreductible. A la noche vino la peor parte. Tenía que tener sexo con ese hombre, no quería que me violentara y me lastimara, así que hice lo que pude para dejarlo feliz y rendido. Esa primera noche es sin dudas la experiencia más repugnante que recuerdo. El sudor, los olores, la escopeta a un lado de las frazadas, la falta de baño, su respiración, su presencia, sus gemidos. Luego el frío hiriente de la helada cayendo sobre el monte y los sonidos desgarradores que parecían cada vez más cercanos, cada vez más adentro, de los jabalíes. No lograba dormirme pero sabía que tenía que dormir y que antes del amanecer tendría que buscar lombrices en la tierra, ponerlas en la lata, remar, sin saber remar, hasta la mitad del río, recoger los pescados, si había alguno, y volver a encarnar. Así que pensé con mente de superviviente y me acurruqué en el asqueroso cuerpo de ese hombre, para que me diera calor y poder dormir un rato.

A las seis me despertó y me envió a realizar mis tareas, a cumplir con mis obligaciones. El frío me partía las piernas y las manos. El río y el cielo eran una misma cosa difundida en la neblina que no supe si ascendía o descendía. Todo era una misma cosa gris y helada. Estudié el bote, a oscuras, con las manos, tanteando para ver de dónde estaba amarrado, y luego pensé un poco en cómo debería hacer para hacerlo avanzar en línea recta. Una vez que me subí me di cuenta que la fuerza de la corriente lo llevaba rápidamente río abajo y que era necesario detener esa fuerza, así que empecé a mover los remos con gran esmero; me costaba bastante ya que era una lucha cuerpo a cuerpo contra el poder de la corriente, pero logré llegar a la red. Mantener el bote detenido allí, hacer el trabajo y volver. Aun hoy no sé cómo lo logré, pero lo hice y eso me dio algo de calma. El nuevo problema era que solo había recogido dos pequeños pescados en el trasmallo y eso seguramente enfurecería al hombre, sin embargo, no fue así. Me explicó respecto a la época del año, a las corrientes y los períodos de apareamiento de los peces. Esos dos pequeños cadáveres fueron el almuerzo, uno para cada uno.

Luego todo el resto de la rutina. Busqué en el monte un lugar para convertirlo en mi baño privado por esos días, y como no tenía dónde asearme, decidí que lo mejor sería aprovechar el mediodía, que era cuando el agua estaba menos congelante. Así fui llevando la semana, aunque llegado el jueves, ya sentía que no podía resistir seguir ahí. Sentía una gran angustia en forma de dolor y me moría por fumar para aliviar la tensión, así que después de ir hasta el trasmallo, encallé el bote y comencé a caminar hacia el este, que era de donde habíamos venido. Pensé que tal vez había algún pueblo más arriba, o una casa de alguien o un ser humano, alguien. Caminé entre los árboles, sin mirar hacia abajo, sin ver hacia ningún lado, ahora que lo recuerdo, solo caminaba sintiendo que no había ninguna otra cosa que hacer en ese momento. Poco a poco me di cuenta de que me alejaba de la costa, ya se veía menos ancho el río, y más lejano. Caminé por un buen rato, tenía la mente en blanco. No había nada más que árboles delgados y altos, y maleza. En un momento, cuando me venció el cansancio, me detuve recostada a uno de ellos y sentí que volví a ver. Miré por primera vez desde que había descendido del bote esa madrugada y vi unas chalas de maíz. No era una plantación, más bien parecía que algunas semillas hubieran caído por descuido alguna vez y eso producía el milagro para mí. Eran tres plantas. Quité el choclo con todo y me lo llevé. Vi que ya no había mucho más que andar y regresé al campamento a contarle a Luis que ese día comeríamos maíz. Pero lo que me había dado felicidad era el hecho de saber que podría hacer con la chala una suerte de tabaco y fumarla, tenía papel de mi libreta de poesías.

—¿Dónde estabas? —interrogó el hombre.

—Salí a buscar algo para la comida y encontré choclo.

—No vuelvas a irte, ni lo intentes, no quiero usar mi escopeta, la traje para los animales —dijo sin levantar la vista de su mate.

No dije nada y me fui a armar el cigarro.

Sentí miedo, otra vez, pero a la vez alivio. Quedaba solo un día de pesadilla. Luis había dicho que volveríamos el viernes.

Ese mismo día, a la tarde, él me pidió que lo llevara hasta el trasmallo que quería revisarlo, ya que tenía dudas de que estuviera haciendo bien las cosas dado el escaso resultado en presas. Remé hasta ahí con él detrás de mí diciéndome cómo remar y cuando llegamos a la mitad del río, no sé qué me pasó, no lo pensé, no pensé nada, no estaba planeado, pero sentí que debía hacerlo y me tiré al río. Solo me dejé caer.

Cuando sentí el agua helada y toqué el fondo con los pies, recordé que no sabía nadar, que nunca había aprendido. Sin embargo, una fuerza inexplicable me lanzó hacia la superficie y llegué nadando a la orilla. Aprendí.

A esa altura tenía las manos rotas de lavar la ropa con el agua helada y sin jabón, estaba fumando chala en hojas de cuaderno, me dolían todos los músculos, estaba sucia, no había dormido durante una noche completa, había soportado al hombre tuerto de huevo encima de mí cada noche, solo había sentido algo de calor recostada al cuerpo inmundo, no sabía lo que había comido, sabía remar, nadar y tirar el trasmallo, y sabía lo que era el miedo y el deseo de matar.

Cuando regresó Luis, oí su risa asquerosa. Yo temblaba de frío y de vida.

El viernes pasado mediodía, tal como había dicho, remamos río arriba —tuve que hacerlo yo— y volvimos a la ciudad. Desembarcamos en el mismo lugar del que habíamos salido. Allí vi la camioneta y al hijo de Luis al volante. Bajé las cosas de la chalana, me subí sin decir más que buenas tardes. El muchacho me miró con pena, pude sentirlo, pero no preguntó, no dijo nada.

Al llegar a mi casa, Luis me dejó en la puerta, y me dijo que nos veríamos al otro día.

Eso no iba a pasar. Después de contar lo sucedido, no sé si mi madre terminó de creerme pero accedió sin vacilar a mi pedido: irme de la ciudad por un tiempo. Esa misma noche tomé un coche y viajé a donde vivía una amiga. No pude contarle nada, solo dije que había un hombre peligroso acechándome y no hizo preguntas.

Me llevó unos días volver a dormir, por alguna razón pensaba obsesivamente en una bolsa arrugada y vacía colgando en la nada y en una escopeta que reclamaba el disparo boicoteado y en lombrices moviéndose hasta morir atravesadas por un alambre.

Me llevó unos meses y varios duros momentos, sacarme a ese hombre de encima, denuncia mediante por acoso. No por lo otro, todo lo otro parecía solo pertenecerme a mí, como si a nadie le importara un huevo.

10. Juego en equipo

No sé cómo llegamos a esa situación. Tal vez ni siquiera importe. Lo cierto que esa noche el plan era salir a bailar con tres amigas. Nos estábamos quedando en el apartamento de una de ellas en el barrio Unión, en Montevideo. Ya hacía varios días que estábamos allí, y habíamos salido unas cuantas veces.

Eran tiempos de experimentación para mí. Estaba sola y era joven. Ya había cumplido con mis obligaciones de estudiar y demás, y estaba en la búsqueda de emanciparme para siempre de mi historia. En ese tramo de tiempo, en mi vida, lo único que cabía era divertirme, pasarla bien, juntarme con personas que tuvieran la misma intención que yo.

Lo cierto es que esa noche, salimos en busca de un sitio para bailar y beber algo, pasar la noche. Creo que era jueves.

Encontramos un lugar que nos pareció propicio en la zona del puerto. Había alguna banda tocando cumbias y adentro estaba repleto de gente, sobre todo de mujeres muy producidas, con tacones y faldas cortas y exceso de rush y de labial. No como yo, que solía andar siempre de jeans, remera suelta, cabello si recoger y sin maquillaje. Por un momento pensé en lo excitante de inmiscuirse en un mundo completamente ajeno. Mezclarse entre desconocidos que no se parecen a uno y sentirse absolutamente mareada de muchedumbre y ruidos y olores, dejándose llevar, con la adrenalina del riesgo.

Nos ubicamos en la barra, era amplia y había ya varias personas allí. Comenzamos a tomar cerveza; era otoño, pero hacía calor. Mientras bebíamos y charlábamos mirábamos a los hombres que estaban cerca y especulábamos cuál sería mejor en la cama, cuál podría conquistar cada una de nosotras, en fin, conversaciones corrientes entre mujeres. Yo siempre miraba las piernas, eso me atraía bastante.

En un momento decidimos bailar un poco, nos acercamos a la pista y como vino hacia mí un muchacho bastante agradable a invitarme a bailar, perdí de vista a mis compañeras por un buen rato.

Después de unas cuantas piezas de baile, me cansé de la conversación de aquel hombre, una conversación que no iba a ningún lugar. Me despedí y volví a la barra, que siempre fue mi lugar preferido de los boliches. Tiene que ver tal vez con un dejo de vouyerismo que sé que porto. Mirar.

Mis compañeras no estaban allí, pero no me importaba. Estuve un buen rato bebiendo sola, luego charlando con un hombre que se me acercó, que ciertamente me pareció muy atractivo. Era morocho, de cutis muy blanco y unos ojos negros que hacían que su mirada me pareciera oscura, dura, salvaje. Mientras me hablaba de que no era de allí, de que había venido a una convención de trabajadores y bla bla bla, yo miraba las formas de su cuerpo, desde el cuello al hombro y desde allí a su torso que se intuía fuerte. Sus piernas. Él me hablaba y yo pensaba en cómo serían sus manos sobre mi cuerpo, qué podrían hacer, cómo sería su beso salvaje, su olor. Él se daba cuenta, y más se esforzaba en mantener mi atención con una charla que a esa altura ya no lograba distinguir de los sonidos del ambiente. Creo que podía ver mis pensamientos a través de mi manera de mirarlo, y me invitó a conversar fuera del baile.

Salimos. Estaba un poco fresco afuera. Comenzamos a besarnos con furia, con hambre, con prisas. Contra la pared. Sentí que ese hombre y yo teníamos una conexión que podía ir más allá de ese momento. Pero las posibilidades eran pocas. No tenía a dónde invitarlo a ir conmigo.

De repente sentí la voz de una de mis amigas que se encontraba también fuera del baile. Fui con ella y él vino conmigo.

Las tres estaban allí, con unos tipos. El que estaba conmigo me los presentó, eran compañeros que se habían conocido en la convención de la que me había hablado antes. "Cuántos son", le dijo una de mis compañeras. "Somos 12". "Vamos para casa", respondió ella con firmeza. Graciela, tenía veinte años más que yo, ya se había casado y separado, ya tenía hijos que no vivían con ella.

El resto de nosotras solo miramos, no sabíamos qué pensaba ella, qué pretendía. Pero no nos opusimos.

Quien estaba conmigo fue por el resto de sus compañeros y nos fuimos todos para el apartamento de Graciela.

Por un momento yo pensé en lo anterior, en mi acercamiento con aquel hombre y en mis deseos, y pensé que tal vez esa era una oportunidad para ir más allá con él. Así que no me disgustó la idea.

Llegamos por separado, nosotras fuimos en un taxi y ellos no sé bien. Lo cierto es que estuvimos, tal vez cinco minutos solas en la casa antes de que llegaran. "Qué va a pasar ahora, qué vamos a hacer con todos estos tipos", pregunté. "Nada, solo charlaremos un poco, no te preocupes".

Mis otras dos compañeras no dijeron nada, pero se apresuraron en arreglar sus maquillajes y su cabello.

Cuando sonó el timbre y entraron todos esos hombres, sentí algo de inseguridad, pero fue en el único momento y por una fracción de segundo. Nunca había estado en semejante situación, en un apartamento de otra persona, lejos de mi casa, con un montón de desconocidos y unas cuantas copas encima.

Nos acomodamos en el apartamento, Graciela trajo cervezas, alguno de ellos también traía, y puso música.

Comenzamos a charlar de cualquier cosa sin importancia hasta que en un momento la conversación se desvió hacia temas políticos. Mi especialidad. La discusión se puso acalorada y yo más. Empecé a desarrollar mis ingenuas ideas sobre la explotación, el imperialismo yanqui, el mundo basura de los hombres mandando, decidiendo sobre todo el resto. El imperio fálico que yo odiaba tanto.

Todos me escuchaban atentos y uno de ellos me improvisó un podio para que mi discurso fuera más contundente. Dije unas cuantas cosas, como si fuera una importante figura política, y el resto me aplaudía, entre risas, música, alcohol.

En ese punto de la noche mi cabeza cambió de rumbo. Los miré a todos, por primera vez, los analicé rápidamente y pensé "malditos desgraciados machistas, deberíamos usarlos y tirarlos como hacen ellos". No dije nada más. Me bajé de mi escenario y me puse a bailar en el medio del grupo. Algunos de ellos se me unieron. A un lado, Graciela estaba sentada sobre las rodillas de uno de esos hombres y otro de ellos la tocaba. Vi su cara de placer y supe que esto recién comenzaba. Que las palabras ya estaban de más. Entonces decidí seguir hasta donde me llevaran las propias circunstancias. La idea de tener sexo con el morocho de la mirada oscura ya no me interesaba en absoluto, él era uno más en esa muchedumbre.

Mientras bailábamos me di cuenta que la dueña del apartamento se retiró hacia una de las habitaciones con los dos tipos con los que estaba. No necesité preguntarme a qué.

Las que quedamos en la situación bailamos un buen rato, sin ritmo claro. Solo un montón de cuerpos moviéndose, amontonados. Las fronteras entre uno y otro casi eran indistinguibles. Luego llegaron los roces, las manos que llegaban de cualquier parte y mis manos que iban a cualquier parte. El morocho parecía que quería su prioridad, así que me besaba la boca, el cuello, bailando detrás de mí, mientras yo sentía su sexo en mis glúteos, apoyado, duro.

En un punto de aquella confusión busqué encontrar a mis compañeras y apenas las divisé entre los hombres que las tocaban, las desnudaban y las convertían en su juguete compartido. A esa altura yo había perdido la remera. Me excitaba la situación, y aunque una débil voz me decía que eso no era correcto, no le hice caso.

De hecho, nunca he hecho caso a ninguna voz que no provenga de mi misma. De mis deseos, mis pensamientos o mis curiosidades.

Salí de la situación por un segundo para ir hasta el baño. Mucha cerveza.

En el instante en que estaba levantando mis jeans, frente al espejo, la puerta se abrió de pronto y entró el morocho. Cerró la puerta. No pude hablar. Se arrodilló, bajó de nuevo mis jeans y mi ropa interior y puso su cabeza entre mis piernas que tomó con firmeza. Lamió mis genitales suavemente, y no pude resistirlo. Lentamente su lengua fue haciendo un trabajo impecable, irradiándome un placer exquisito que me producía espasmos por todo el cuerpo. Las rodillas parecían no poder sostenerme. Yo me miraba en el espejo de a ratos y veía a otra persona, transformada por el placer que aquello me causaba. Puse mis dedos entre su pelo negro. No quería que aquello se acabara y deseaba más que nada sentir a ese hombre dentro de mí, dejarlo entrar. Abrir mi cuerpo para él, para ese perfecto desconocido. El orgasmo fue intenso y duradero. Era la primera vez que había sentido un orgasmo con esa práctica. Caí de rodillas junto a aquel hombre y quise besarlo (tal vez agradecerle) pero se paró inmediatamente y salió del baño. Yo quedé allí. "Cómo sigue esto", pensé.

Salí del baño, seguían ahí. Ya a esa altura había

perdido toda orientación. No sabía dónde estaban mis amigas, haciendo qué. No me importaba. Estaba en un estado de lujuria que nada me importaba. Busqué al morocho entre el grupo y lo miré. "Vamos a la habitación" pensé, y subí las escaleras. Al llegar me tiré en una de las camas y al momento él estaba sobre mí. Mi mente había perdido el control por completo de la situación, y al rato sentí que otros también estaban allí. Sentí los miembros de esos hombres dentro de mi boca, en la cara, en los pechos, en las manos. Sentí la penetración sin rostro, sin saber de dónde provenía. Solo la aceptaba.

Fue largo, intenso, sentido hasta la última fibra de mi ser. Era mi cuerpo dado para todos ellos. Y cada parte de mi cuerpo participaba con deseo abrasador. "Sos increíble", me dijo alguno, no sé cuál.

Aquello duró el resto de la noche. Ni siquiera recuerdo en qué momento terminó ni cómo ni por qué.

Lo próximo que recuerdo es el sol de la mañana sobre mi cara, y el dolor de cabeza que tanto alcohol me había dejado. Me incorporé de la cama y tuve un vago flash de la noche anterior. No quise someterme a juicio. Miré a mi alrededor y había hombres, desconocidos, durmiendo en las otras camas, en el piso, todos desnudos, como yo. Me paré sin hacer ruido y fui hacia la cocina, tomé agua, vi el desastre en el living del apartamento, los cadáveres de botellas tiradas por todas partes, me di un baño y esperé sentada en el sofá a que la dueña de casa echara a los extraños. *Game over*.

11. Mi sitio

El olor a sexo se adueñó de la atmósfera. La respiramos extasiados, mientras nuestros latidos volvían a su ritmo corriente. Uno al lado del otro, sin mirarnos, pero sabiéndonos presentes. Ambos sonreímos, lo sabíamos. La entrega animal de quienes saben amar fuera de los anteojos de una sociedad hipócrita.

Yo llegué pasadas las 7, con prisa por verlo. Hacía 13 años que habíamos estado juntos por última vez. Abrí la puerta sin saber qué nos pasaría, cómo resultaría aquel encuentro. Él estaba parado del otro lado de la puerta. También ansioso.

En el momento en que lo vi, me invadió una irrenunciable sensación de estar en casa. Ahí, en ese hotel extraño, yo sentía estar en casa. Una sensación que solo he vivido con él. No tiene explicación racional, de modo que no me esfuerzo por entenderlo. Pero en el lugar en que él está, yo me siento recibida, bienvenida, visible.

Nuestros ojos se encontraron y supe que éramos los mismos jóvenes desenfrenados y apasionados de siempre. Encontrándose, otra vez. Como el primer día. Como la primera vez que nos vimos.

Nuestras almas y nuestros cuerpos dialogaban entre sí, en un lenguaje que nadie podría descifrar y nosotros, él y yo, a veces le dábamos permiso a nuestro yo para dejarse llevar en ese juego de atracción que podía arrasar con lo que fuera; que nos dejaba ciegos, que nos abría el resto de los sentidos a su máxima capacidad para que nada interfiera en la unión.

Nos abrazamos. Sentí su pulso, su sangre, sus fluidos dispuestos a volcarse sobre mí. Su cuerpo estaba en un estado de extrema tensión, podía sentirlo, y yo sabía bien que en ese instante solo deseaba una cosa. Una única cosa en el mundo. De manera que sin mediar palabra me deshice de la mochila y del abrigo y me arrodillé frente a él.

Bajé con prisa sus pantalones y apoyé mi mejilla sobre sus genitales. La froté en ellos mientras presentía que debajo de aquel bóxer estaba mi preciado tesoro. Mi alimento. Deslicé mis manos completamente abiertas por sus piernas reconociéndolas. Apreté su cuerpo a mi cara desde sus glúteos. Podía respirar solo a través de su intimidad y era el único aire tolerable en ese punto. Mordisqueé su pene, que se iba poniendo tieso, a través de la tela.

Él acariciaba mi cabeza, y tampoco dijo nada, solo

se dejó llevar. Él deseaba que yo tuviera el control. Lo sabía.

Finalmente retiré su ropa interior y comencé a olfatear, como un animal, su pene, sus testículos, su bajo vientre, mientras mis manos se colmaban con su carne.

Empecé a lamer todo aquello, delicadamente, desde los testículos, sintiendo una felicidad inexplicable. Ahí estaba, lo tenía para mí, podía sentir por un momento una exquisita saciedad, un vacío de mucho tiempo que se vivía como hambre voraz y ahora se llenaba. Deseaba devorarlo íntegramente.

Lamí su pene endurecido con movimientos envolventes hasta llegar al glande, en donde me detuve un rato, mimándolo, amándolo con mi tibia lengua sedienta. De a ratos metía todo su miembro en mi boca, ascendiendo y bajando, con una mínima presión que fui haciendo crecer.

Percibía en su vientre los leves espasmos de placer que aumentaban mi hambre. Oía sus gemidos, los sonidos de gozo, y sentía como todo mi cuerpo se preparaba para dar respuestas, en ese diálogo que solo existe entre nosotros.

Él comenzó a acelerar sus espasmos, sé que estaba intentando prolongar el final, pero apenas podía resistir. Entonces yo volvía a llevarlo al punto máximo de clímax, y lo dejaba descansar una fracción de segundo, lamiendo con precisión toda la zona. Yo misma sentía la sensación orgásmica que me recorría el cuerpo, desde la boca, cada vez que su pene se abultaba ya punto de explotar dentro de mí.

Por momentos parecía que quería hablar, pero sabía, como yo, que las palabras sobraban entonces. Me tomaba del cabello, queriendo controlar el ritmo. Pero yo tenía el control y no estaba dispuesta a cederlo.

Finalmente, quise beberlo, y llevé al punto culminante la situación. Apresuré el ritmo, y su pene creció dentro de mí boca, a punto de entregarme el fruto anhelado por mí. Sentí las primeras gotas de su semen, reconocí el gusto amado, y luego el resto, como un torrente, con fuerza, tibio, llenándome mientras oí su expresión divina en forma de sonidos y de desequilibrio en sus rodillas que ya no soportaban la presión.

Dejó todo en mi boca y yo saboreé su semen extasiada, tragándolo sorbo a sorbo.

Él me levantó de la cabeza, para que me incorporara. Le dije "hola». Y los dos reímos como niños, con la complicidad que siempre hemos tenido y que nos hace saber que lo nuestro no es más de lo mismo, que su naturaleza es única y solo nos pertenece a nosotros.

La noche recién comenzaba para Diego y para mí. Esa era la bienvenida.

12. El principio

Hace unos años, en ocasión de presentar un libro sentí la necesidad de contarles a las personas allí reunidas, con ciertas expectativas respecto a mi tarea de escribir, cuándo comenzó este hábito u obsesión. Pensé unos instantes, iba a decir otra cosa y me salió:

—Todo empezó cuando nací —hubo risas en el público, pero yo quedé atónita, no sabía por qué había dicho eso.

Luego todo transcurrió tal como lo había ensayado con la amiga que me estaba ayudando en esa tarea, y terminó, como tenía que ser, con aplausos, emociones y gente que se acercaba a querer saber más sobre mí, mis libros, y esas cuestiones. Por mi parte, ese no era un final, sino un principio. La frase que había dicho quedó resonándome en la mente.

Todo empezó cuando nací.

Tiempo después, ya en la tarea de escribir estas historias, me hice la pregunta, pero esta vez en la soledad de mis pensamientos: ¿cuándo empezó todo? Es decir, cuándo a empecé a formar parte de estas historias que hoy comparto con alguien más. Sin duda la respuesta es la misma: cuando nací. Como si se tratase de un designio, mi vida entera estuvo marcada por hombres, presentes y ausentes, variopintos, y todos prescindibles. Pero también, muchos de ellos, dignos de ser dichos, de ser contados.

Al principio, cuando era pequeña, no había hombres y mujeres, había conocidos y desconocidos, había gente amable y gente que no lo era. Más adelante, recuerdo la experiencia de sentir que me gustaba algún chico y al mismo tiempo, las experimentaciones sexuales con mis amigas. No hablábamos de sexo, no nos hablaban de sexo, pero probábamos sensaciones. Comentábamos sobre chicos, con poca frecuencia, pero nos besábamos y nos tocábamos entre nosotras, y luego seguíamos jugando, a otro juego. Nunca pensamos ni hablamos respecto a ello, porque en definitiva uno habla o siente necesidad de hablar de algo que sale de lo corriente, de algo que pasa, algo raro, novedoso, extraño. Nuestras niñeces eran vividas con naturalidad. En ese entonces, todavía, no nos habían inculcado la vergüenza y la culpa.

Por esas épocas, conocí a un chico mayor que yo. Él era un adolescente de catorce años, en tanto yo, una niña de nueve. Por alguna razón se enamoró de mí e iba todos los días a nuestro barrio, queriendo hacer amistad y unirse al grupo de juegos. Finalmente formó parte de la barra, creo que por simple insistencia, y fue haciéndose de la confianza suficiente para decirme un día que quería ser mi novio. ¿Novio? Me extrañó bastante su propuesta dado que no había novios o novias por nuestros territorios del juego. Ni siquiera hubiera podido dar una definición de lo que significaba exactamente esa palabra, pero el chico me agradaba, era como uno más de nosotros, así que, como en ese momento no supe qué hacer, le dije que le respondería al otro día. Con el fin de develar el tema, y tener preparada una respuesta decidí preguntarle a mi madre si podía tener un novio, y ella se rió. Supongo que creía que hablaba de alguno de mis amigos de siete, ocho y nueve años, porque me dijo que no había problema, de manera que al otro día le dije a Nacho que sí, que sería su novia y desde ese momento lo fuimos. Él venía todos los días a jugar con nosotros pero en algunos momentos quería quedarse solo conmigo, para hablar de cosas que hablan los novios —suponíamos mis nueve años y yo—; conversábamos de varias cosas, él me contaba del liceo al que iba, de las clases, de su familia, y me cantaba. Le gustaba mucho cantar y lo hacía muy bien, así que cada día preparaba un nuevo tema para mí, todos románticos. Al principio me cantaba solo a mí, pero con el paso de los días yo invité a mis amigos a que lo escucharan, porque lo hacía muy bien y me parecía que no tenía que cantar para una sola persona, así que teníamos —el cantor y su Lira— un pequeño público que todos los días, a la tarde, se reunía a escuchar; incluso mi madre lo hizo algunas veces y lo felicitó por su hermosa voz.

Todo esto duró un tiempo, hasta que un día, el chico, mientras conversábamos, me dijo que los novios se besaban. En ese momento lo miré con detenimiento y me di cuenta que él no me gustaba, es decir, me agradaba, pero no me gustaba cómo se veía, y no iba a besarlo. Así que le dije que aunque lo quería mucho, ya no sería su novia.

—¿Por qué? —preguntó, mientras sus ojos se fueron poniendo acuosos.

—Porque... —no sabía qué decirle e inventé cualquier excusa— mi madre no me deja tener novio, soy muy chica.

—Sí, es cierto, pero parece que tuvieras más edad. A mí no me importa la diferencia de edad —insistió.

—No, Nacho, no quiero —fue lo último que dije y salí corriendo para mi casa. Desde dentro oía su voz que cantaba "Flaca no te vayas, flaca vení, quereme un poquitito, no seas así", no me acuerdo de quién es el tema, pero lo recuerdo nítidamente, porque, además, mi madre, que lo oyó cantar, lo acompañaba, desde la cocina. Estuvo un tiempo más ahí y cuando llegó la tardecita se fue, dejó de cantar.

Después de ese episodio, cada tarde, cuando lo veía bajar por la calle, bastante empinada que pasaba por mi casa, me escondía para que no me viera y quisiera de nuevo ser mi novio. Con el correr del tiempo él dejó de venir, y yo me sentí aliviada, aunque a veces pensaba que ya no tenía quien me cantara, o quien nos cantara.

Bastante más adelante, encontraría otras voces que cantarían para mí, pero ninguna con la generosidad de mi novio Nacho adolescente.

13. ¿Te gusta?

A menudo los hombres utilizan un patrón que han desarrollado para todas las mujeres por igual. Supongo que creen que son increíbles, insuperables, y que su método es infalible. Infalible para qué: para que la mujer pase a ser de su propiedad, es decir, en su imaginario, la mujer después de haber sido "poseída" por ellos, no querrá que nadie más la toque. Lo he oído. Varias veces.

—Nadie te hará sentir como yo —complacidos, anchos, orgullosos de su obra maestra.

Ni remotamente saben de la naturaleza femenina. No tienen ni idea.

A nosotras nos criaron para hacerles creer eso. No enseñaron a no decir "esto no", "no me gusta tu forma de hacer tal o cual cosa". También nos enseñaron a fingir. No expresamente, pero nos fueron adiestrando para que hiciéramos lo que tuviéramos que hacer para que si alguien nos elegía lo retuviéramos, y eso implicaba fingir, mentir, hacer creer, aplaudir al payaso aunque no nos hiciera reír.

Sumado a esto, los hombres, muchos de ellos, preguntan. Lo creen de antemano pero igual preguntan:

—¿Te gusta, mami? ¿Te gusta? ¿Te gusta? ¿Dónde la querés? ¿Así? ¿Asá? —y, supongo que las mujeres responden, por algo siguen preguntando a una y a otra.

Una vez salí con un tipo que me gustaba bastante, pero mientras teníamos sexo repetía, como un maldito mantra: "sí, mi amor, sí miamor, simiamor, simiamorsimiamor....", indefinidamente, hasta el final. Y yo pensaba "solo cállate". Un día, ese sonido me dañó el pensamiento, ya no lo pude soportar y le eché para siempre de mi vida.

Me ha pasado en algunas oportunidades de decirle a alguno que si quería le enseñaba a practicar sexo con una mujer. No volví a verlo.

Obviamente no quieren saber, quién quiere saber que todo lo que ha hecho hasta el momento, en este aspecto, ha sido creerse el dueño de la fiesta y se ha pasado haciendo el ridículo. Algunas mujeres siguen callando, pero otras conversamos entre nosotras y tenemos muy claro quién es quién. Sabemos cuando el patrón fue copiado de una saga de películas porno, o cuando fue el que le hizo creer la primera, que funcionaba. Los hombres se desnudan completamente, quedan absolutamente expuestos. En tanto, algunas de nosotras, pocas veces lo hacemos. Y no depende de quien esté enfrente, sino de si nos calienta o no nos calienta. Punto. Muchos creen que las mujeres, todas, sin excepción, desean tener su miembro adentro, llenar un agujero. De hecho usan esta idea para explicar el carácter de algunas mujeres: "le hace falta una..." Creen que carecemos de algo y ellos vienen a hacernos el favor. Quizá deberíamos agradecerle. Por eso les mentimos. Para no herirlos, como agradecimiento. Y así sigue interminablemente el juego en el que, por lo general, pierde quien miente.

Recientemente dejé de salir con Pablo. Salíamos ocasionalmente, aunque en algún punto no era tan ocasional ya que llevábamos tres años de vernos. Pablo tenía cincuenta y un años cuando lo conocí. Lo único que me gustaba de él era su pasión por mí. Simplemente me hacía sentir adorada, y eso se sentía bien. Era muy potente, sexualmente hablando, mucho más que hombres jóvenes que conozco, pero tenía un problema, quería quedarse. Siempre quería quedarse. Yo no quería que él se quedara, porque fuera de alimentar mi vanidad, no tenía nada que yo quisiera conocer de él, o a lo que yo quisiera dar lugar en la arquitectura de mi vida.

En varios momentos de nuestras idas y venidas, él intentó conquistarme de manera romántica, como la vez que me invitó a cenar y me cantó una canción de Jaf, *Estás maravillosa hoy*. Otra veces intentó manipularme, haciéndome sentir culpable de usarlo, de jugar con él.

No me pareció necesario aclararle que todos estábamos jugando, y desarrollar mi teoría al respecto. Esos fueron los momentos en que nos distanciamos. Luego volvíamos otra vez a juntarnos a tomar algo, charlar y estar un rato juntos. Supongo que él esperaba reacciones en mí que no logró, y en cambio tuvo que enfrentarse a algunas conductas mías que lo desencajaron bastante. Sin embargo el tipo era persistente, no puedo quitarle ese mérito.

Una vez se molestó conmigo porque no nos veíamos esos días, y me hizo un audio de WhatsApp que decía:

—Al final lo único que hacés es usarme, usar mi cuerpo. No te importo como persona, no te importa nadie más que vos misma. Sos una feminista de mierda. No me llames más. No voy a estar esperándote, sos demasiado egoísta —No respondí. No me parecía que aportara mucho explicar por mensaje que no tenía que ver una cosa con otra y bla, bla, bla.

Al tiempo me volvió a escribir y nos vimos. Así, durante tres años.

La penúltima vez pensé que había sido la última. Él llegó, charlamos, bebimos vino, fumamos, jugueteamos un poco y yo le dije:

—Hoy será a mí manera. Te diré qué hacer —mientras lo llevaba al cuarto.

—Uhhhh. ¡Qué emoción! ¡Me encanta! ¡Seré tu

esclavo! —Ya esa respuesta me incomodó, o sea, nosotras somos eso, esclavas.

Luego todo fue más de lo mismo. Aunque yo le decía esto o aquello, lo hacía de la única manera que sabía, o sea, la diferencia estaba en que yo le decía. Lo intenté todo el tiempo que pude resistir y luego lo dejé que siguiera como siempre. Cuando acabó la sesión, lo miré fijamente y le ordené:

—Ahora terminá el trabajo.

—¿Qué? ¿No te gustó?

—No me desagradó, pero no es lo que te pedí. Quiero que termines el trabajo ahora, si es que podés —Eso fue hiriente, pero justo.

—¿Qué querés que te haga? —Y ahí entendí que no podía, no lograría romper su patrón, a menos que asumiera, con total honestidad que no todas las mujeres somos iguales y que estar ahí no significaba sentir gozo. Para eso se necesitaba una humildad que Pablo no tenía, a juzgar por otras decisiones de su vida de las que yo tenía conocimiento.

—Está bien, tranquilo, está bien.

Nos sentamos en la cocina con la intención de charlar un rato. Me había propuesto ser honesta con él, así que le expliqué que esa era una de las causas por las cuales yo no tenía deseos de que él se quedara. Le dije también que lo único que me gustaba de él era que me hacía sentir adorada y deseada, y su potencia, y nada más. Él no podía creer lo que oía, así que lo tomó a broma, hasta que se dio cuenta que yo no hablo en broma cuando se tratan estas cuestiones y que estaba diciendo las cosas de la mejor manera para no dañarlo. Me dijo que estaba bien, que entendía, que trataría de conocerme mejor, que sí, que él quería quedarse. Y se tuvo que ir de pronto. Recordó no sé qué que tenía que hacer al otro día muy temprano y se fue. Creo que no quiso putear o llorar delante de mí.

No volvió a hablarme por varios meses, de hecho tuvo la intención de no hablarme más, ya que me bloqueó en su celular.

Tiempo después, esta sí la última vez, lo encontré de casualidad en la calle. Nos saludamos con cariño y me dijo que quería que nos viéramos y yo le dije que también. Así que pedí que me escribiera un día de estos pero ya no me tenía agendada. Le volví a dar mi número de teléfono y al rato me llamó. Volvimos a vernos esa misma semana.

Fue una buena noche, cantamos murgas viejas, bebimos vino, nos reímos, nos contamos algunas cosas. Él quería saber si yo había estado con algún hombre después de la última vez, y le dije que no le importaba. En realidad quería que le diera el pie para contarme lo cotizado que era por otras mujeres, a las que él no quería, porque me quería a mí. Igual me contó: una mujer acaudalada había viajado varios kilómetros en su auto solo para verlo, para conocerlo, había ido a un hotel y la tipa no podía sacárselo de la cabeza, lo llamaba, estaba dispuesta a todo por él y había tenido que bloquearla en el celular; otra, era joven, de la edad de su hija y después que habían tenido sexo le había dicho que era el mejor y que no le importaba la edad, él había estado dos veces más con la chica pero era hueca, de cabeza, así que la dejó: y otras historias que en un punto ya no escuché.

Yo lo miraba mientras me hablaba y pensaba que si me ponía firme en la decisión y en las acciones podría entrenarlo para mí, para complacerme. Así que en un momento le dije:

—El año que viene aceptaré que te quedes conmigo, pero tendrás que dedicarte a conocerme bien como yo te conozco a vos.

—Sí, claro. ¿Y por qué no ahora?

—Porque tenemos que ir construyendo la relación, de a poco. Vamos a apostar a esta relación, pero un paso a la vez, para que ninguno salga dañado —No había manera de negarse a ese planteo.

Pablo estaba muy contento, apenas podía disimularlo, era lo que quería desde el principio. Después fuimos a la cama y tuvimos del sexo de siempre.

—¿Te gusta? ¿Te gusta? Decime que te gusta.

—Sí, sí.

Cuando terminó el evento, se vistió rápidamente y me dijo que se iba.

—¿Cómo que te vas si habíamos quedado en pasar la noche juntos?

—Tengo que irme, mañana a las seis tengo bla bla bla.

—Ok, chau.

Fue su sentencia. Me llamó un par de días después y le expliqué que su actitud no me había gustado, que de hecho me había molestado bastante. Él salió con un cuento sobre que se conocía, que se iba a sentir mal, que se querría ir en la madrugada, que no sé qué. Entendí el puto juego. Tres años rogándome quedarse y cuando le dije que se quedara se fue corriendo. Quería que lo necesitara.

No había aprendido nada. Nada de nada.

No, Pablo, no me gustó.

14. Punto cero

Mi nombre es Lira, Lira Mont. No, no pusieron el nombre por ninguna razón poética, fue porque mi madre escuchaba un radioteatro cuando chica y le gustaba un personaje que se llamaba así, por eso juró que si tenía una hija le pondría ese nombre. Tuvo una hija.

Como casi todo el mundo, fui creciendo sin herramientas ni racionales ni emocionales para aprender a sobrevivir en el mundo vincular. Supongo que de eso se trata, hacer lo que mejor nos sale y luego reflexionar sobre las experiencias o eventos de nuestra historia para capitalizarlos y convertirlos en algo que pueda ser usado en otras situaciones similares, y, en el mejor de los casos, compartido con otros.

Nací hembra y me fui constituyendo mujer a partir de circunstancias, motivaciones internas y decisiones que fui tomando a lo largo de este tránsito vivo, humano. En esa construcción puedo identificar, ahora, a cierta distancia, algunos mojones importantes que pasaron por mí o por los que pasé. Sin embargo, aun cuando, si hoy me preguntan digo que soy mujer, ha habido momentos en los que distintas personas, por variadas razones, me han dicho que no lo parezco. Obviaré lo que me devuelve el espejo, porque aclaro que entiendo que la percepción también está atravesada por la mirada de otros. Mandatos, creencias, supuestos, silencios, muchas veces nos configuran de unas formas que distan bastante de lo que deseamos o sentimos cuando nos escapamos por un rato de la rueda y nos permitimos estar a solas con nosotros mismos. Incluso creo que algunas personas evitan quedarse a solas *ex profeso*, para no constatar la cruel oposición entre lo aparente y lo que es. En mí caso particular, confesaré que mi estado preferido es ese. Solo ocasionalmente gusto de profesar cierto instinto gregario, pero me canso rápido y me salgo. Podría decirse que si defino mi historia en una frase sería: me estoy yendo, ya no juego más.

Muchas veces me han dicho "actuás como un hombre", lo que me ha causado risa algunas veces y otras, preocupación.

Parece que hay una manera o unas maneras de actuar que son privativas de los hombres, supongo que por el hecho de vivir en esta sociedad que se debate entre algunos mandatos crueles con los que cargamos desde antes de nacer, machistas y hasta criminales, y la pujante y sostenida lucha de las mujeres que entienden que portar un pene no hace superior ni otorga más derechos a nadie.

No soy feminista ni integro ningún grupo que se vincule por ideologías y que promueva segregación o enfrentamiento, aunque sí apoyo y defiendo las reivindicaciones de las personas que están y han estado oprimidas, me incluyo, por cualquier fuerza, desde un lugar de asimetría que nos han obligado a asumir, por las buenas o por las malas.

"Actuás como un hombre" significa, en la interpretación de quienes me lo han dicho, tanto hombres como mujeres, que hago lo que me viene en gana y no espero que un hombre decida por mí en relación a ningún aspecto de mi vida, incluido el sexo, y sobretodo el sexo. No siempre fue así.

Aprendí a hacerme de la manera en la que soy. Me auto formé como resultado de las injusticias que he vivido en carne propia pero más que nada de las que he visto padecer a mujeres, adolescentes, niñas, niños, por el solo hecho de no integrar la clase fálica, que pareciera ser que otorga un poder suprahumano. No. A ese cuento no me lo han podido hacer creer.

"Actuás como un hombre" significa que opino de las relaciones en la que me involucro, que puedo criticarlas y evaluarlas, que no me compadezco de una suerte de maldición que porto —a los ojos de otros— de haber decidido transitar la mayor parte de mi historia de vida sin emparejarme con nadie.

Significa también que puedo evaluar las potencialidades y las debilidades de las personas con las que decido vincularme, y elegir. También quiere decir que si yo deseo obtener algo de una persona voy por ello.

Soy honesta; no finjo debilidad ni desprotección para que un tipo se sienta el salvador poderoso y busque convertirse en mi protector, a cambio, claro está, de falta de libertad, sumisión, y obsecuencia. No me sale. Por eso, "actúo como un hombre".

Sé que el valor de mi singularidad solo puede ser dado por mí misma. Absolutamente ninguna otra persona tiene el permiso para decirme quién soy, o cómo soy o cuánto valgo. Menos que menos cuánto valgo. En esta sociedad enferma de consumismo y de individualismo, las personas son cotizadas.

Un compañero de trabajo, hace poco me dijo: "hay mujeres que están buenas y mujeres que son buenas. Vos sos buena." Me quedé pensando un poco en eso. Qué significa esa distinción. Significa que hay mujeres que son rentables en el mercado de la conquista —o del levante— porque se producen según el imaginario de los levantadores —o conquistadores—, como si estuvieran ofreciéndose para que alguno de ellos la elija y la complete. Machistas. No pueden siquiera tener la mínima cuota de humildad para asumir que las mujeres no necesitan a nadie para completar nada. No nacimos incompletas de ninguna cosa.

Como pensé un poco en lo que me había dicho este compañero le pregunté qué creía que me faltaba para "estar buena". Él me respondió que me faltaba "mostrarme". "Eso qué significa", le pregunté. "Usar escote, pintarte los labios de rojo, el rojo siempre atrae, pintarte las uñas, usar pantalones ajustados, tal vez una calza, soltarte el cabello. Es como decir al hombre que le das permiso de acercarse. No se te acercan porque no te mostrás". Mirá vos, así. Ese es el pensamiento tal vez de la mayoría de los hombres, de los que este amigo es un ejemplar bastante representativo, también de algunas mujeres. No diré "de todos los hombres", porque por fortuna poseemos una condición que nos coloca en un plano de igualdad, la humanidad, y algunos y algunas, lo hacemos prevalecer por encima del género, la orientación sexual o las prácticas de nuestros deseos.

Luego pensé que si yo actuara "como un hombre" estaría también al acecho de cuán producidos están los hombres para acercarme a ellos. Y no es así. Siempre he defendido el contenido, aun cuando las formas puedan ser excepcionalmente bellas. Las admiro, eso sí, como al arte, pero si no encuentro contenido, dejan de tener importancia, de lograr mi atención.

En tantos años vividos hasta ahora, una de las mayores riquezas que tengo son las experiencias que hoy puedo objetivar y convertir en relatos. Las historias que me cuentan y que cuentan a quienes me he encontrado en el camino.

Conozco lo jodidos que pueden llegar a ser algunos seres humanos, por lo jodidos que están. Conozco de fracturas que convierten a las personas en verdugos, primero de sí mismos, y por tanto, del resto. Conozco de la necesidad de dominio y sometimiento que tienen —a veces sin saberlo— muchos seres humanos, y que realizan en alguien con quien comparten la cama, o en sus hijos, en sus empleados, o en sus mascotas. También sé que esa suerte de necesidad devela los costados más miserables de nuestra naturaleza cultural.

Sé sobre violencias, vejaciones, abusos, muertes —en un sentido amplio del concepto—, heridas a carne viva. Sé cómo sabe el asco, la repugnancia, la soledad, el desprecio, el abandono, la infravaloración, la culpa, el miedo, el deseo de matar. También cómo sabe la ternura y la compasión.

Sé muchas historias. Me gusta contar historias.

En una oportunidad, leyendo una biografía de Robert L. Stevenson, supe que los nativos de la isla a la que se había ido a vivir, Samboa, le llamaban Tusitala, que en su lengua significa "contador de historias", y pensé en mi vida. Desde niña recuerdo que practicaba el arte de contar historias, las pensaba en el momento, o salían por mi palabra, como si siempre hubieran estado en algún lugar esperando ser dichas. Más adelante, en el transcurso de mi vida, muchas veces me he preguntado por qué me gustaría que me recuerden, si es que alguien me recuerda, y la respuesta que me viene inmediatamente es: por Tusitala. Solo por eso.

De eso se trata este libro. De presentar algunas historias que de alguna manera explican mi constitución como mujer y la acusación que me persigue: "actuás como un hombre". También trata, de manera tangencial, de algunas de las estrategias de supervivencia que debemos desarrollar para sobrevivir las mujeres, en un mundo pensado para el hombre. Y no digo pensado "por" los hombres, porque también ha habido y hay mujeres que piensan y gestionan las realidades para que estos encuentren las condiciones óptimas y puedan hacer lo que les da la real gana, o sea, lo que dicta su faro fálico.

Por cierto, no se trata de un manifiesto contra lo masculino, ni de que no crea en el amor. De hecho, creo que es la capacidad que hace la diferencia en la vida de las personas. Entre una vida sin propósito y padecida y una vida plena y volcada a fortalecer la condición de ser humano, media el amor. Pero el amor no se restringe ni mínimamente a un vínculo entre dos personas que hacen público un compromiso —pocas veces posible de sostener— de emparejarse y bla bla bla. El amor es una capacidad que nos hace mejores personas, es la capacidad por excelencia de dar, de darse, de entregarse a lo que sea objeto de nuestro amor. A veces son personas, a veces son ideas, a veces son luchas, a veces son oficios, a veces son animales. Lo que sea. El amor es una capacidad que se desarrolla en la medida en que la ponemos a disposición de nuestros encuentros y acontecimientos vividos en esta existencia.

De las tantas historias que podría haber contado, como Tusitala, en esta oportunidad me detuve en las que involucran hombres, con lo que ello implica en términos de sentimientos, comportamientos, reflexiones y recuerdos.

Tengo una lista bastante extensa de hombres a los que podría nombrar y describir al detalle. Incluso eso no completaría el conjunto de mis experiencias en este sentido, porque de algunos no recuerdo ni el nombre. Pero de la mayoría sí. Tal vez por el simple hecho de que he sentido curiosidad y desarrollado afición en el estudio de las formas de comportamiento de las personas de género masculino. Por lo tanto, a casi todas mis experiencias con estas las he capitalizado, de alguna manera, porque sabía que para algo me servirían. Quizá era para escribir este libro, algo que no me había propuesto como meta, hasta que conocí a un ser muy particular, y su presencia, de paso en mi vida, me despertó el deseo de escribir este texto. Simplemente pensé, "no es posible que esto quede en mí, mucha gente gustaría de conocer a personas como esta, y otras tantas". Así que puse manos a la obra, y empecé a hacer un ejercicio de memoria para recordar, con la mayor precisión posible, formas, contenidos, funcionamientos, intercambios, diálogos, monólogos, ritmos, arritmias, disonancias, sensaciones y juicios de valor. Fue en este ejercicio que me di cuenta que nunca nadie termina de irse del todo de nuestra vida, lo cual no implica cargar con todas esas presencias, sino asumir, que de alguna u otra manera, nos han constituido, mal que nos pese.

15. Todos los patitos…

Lo vi de casualidad a la entrada de mi turno en la facultad en la que trabajaba. Mientras estaba buscando a mi grupo, me crucé con él en una angosta escalera. Yo subía y él bajaba. Nos detuvimos para cederle uno paso al otro y me preguntó quién era. Yo, pensando que tal vez sería uno de los alumnos de mi cátedra, le respondí mi nombre y él me dijo que buscaba a otra profesora. Eso fue todo, la primera vez.

Era de cabello negro, corto, y ojos también negros. Alto y delgado. Usaba anteojos, y equipo de mate bajo uno de los brazos. Algo me atrajo de él. No sé, creo que fue su olor. Un olor imperceptible a los olfatos comunes y corrientes, pero que yo pude sentir.

Hay una cuestión que me caracteriza: mi capacidad perceptiva o sensible, extremadamente agudizada. En algunos tiempos de mi vida más que en otros. Pero mis sentidos del tacto, el olfato y el oído, creo que padecen algún tipo de desarrollo patológico o extraordinario, lo que me ha permitido sentir algunos estímulos provenientes del afuera, que tal vez para otros pasen desapercibidos.

Me atrajo su olor. No es posible describirlo porque no se puede categorizar, solo se siente.

A partir de ese encuentro fortuito, cada día miércoles, que era el día en que coincidíamos a la entrada del turno, yo llegaba sabiendo que, entre la muchedumbre, él estaba esperando para verme.

Al principio me miraba, mezclado entre las demás personas. Luego se fue acercando, hasta que entablamos un diálogo, ya pasada la mitad del año lectivo. Comenzamos hablando de cosas sin ninguna importancia, como suele suceder, del tiempo, de las ocupaciones de cada uno, de las clases, en fin. Él se preocupaba por buscar tema para acercarse a hablarme durante los pocos minutos que mediaban entre mi llegada y la entrada a clase. Yo solo disfrutaba de sentir su olor, respirarlo, mientras mi mente se disparaba a fantasear con tener algún tipo de encuentro más primitivo con aquel hombre.

Sin embargo no hubo más avance que aquellas conversaciones mínimas durante las cuales, nuestros cuerpos se acercaban, lo sabía bien, más de lo prudente.

Durante el resto del día y de los días, yo no lo recordaba en absoluto, posiblemente él a mí tampoco, pero llegaba el miércoles y se me despertaba el olfato degenerado, y sentía a ese hombre allí. Una rutina que sabía bien.

Cuando culminó el año escolar no volví a verlo con tal periodicidad. Sin embargo, me lo encontré algunas veces, casualmente, en la calle, y solo nos mirábamos. Aunque yo sabía que había quedado algo pendiente entre nosotros.

Pasó algún tiempo, quizá tres años, sí, tres años. Aún lo veía muy de vez en cuando por la calle, pero de lejos y nada más.

Ese día, yo estaba en la vereda de mi trabajo, fumando, cuando lo vi bajar desde la plaza, con su termo y mate y sus lentes. No venía hacia donde yo estaba, pero me di cuenta que cambió de planes al verme allí y se acercó.

—¿Cómo estás? —me dijo, atinando a saludarme con un beso en la mejilla

—Bien, ¿vos? —respondí, devolviéndole el beso. Casi como efecto inmediato el olfato se me colmó de él, y ya sentí que estaba en una situación en la que podía llegar a actuar prescindiendo de la razón. Y así fue.

Lo miré con detenimiento, y pensé que no estaba nada mal. De aspecto. Pero cuando reparé en su rostro, me llamó la atención un detalle. Mientras me hablaba, su mirada permanecía tiesa y podía apreciar como una suerte de temblor que hacía distinguir su cabeza del resto de su cuerpo. Una especie de tic nervioso o algo por el estilo. Esto no lo había advertido en ninguna de las conversaciones anteriores, y lo atribuí a la situación en la que estábamos en ese momento. Él se había acercado a hablarme y ya no cabían ninguno de los temas de los que hablábamos antes. Debía ser eso. El pobre tipo se puso nervioso.

Total que en poco tiempo, le pasé mi número y quedamos en escribirnos. Luego se alejó.

Volví a mi trabajo y media hora después recibí el primer mensaje:

—Hola, soy Sergio.

—Hola, soy Lira.

—¿Podemos vernos hoy a la noche?

Quedé un momento pensando en qué responder. ¿Vernos ese mismo día? No parecía el tipo de hombre que avanzaba tan rápido. Mucho menos a juzgar por el nerviosismo que padeció mientras me tenía frente de él.

Finalmente le respondí que le escribía en la tarde y le decía si nos vernos o no.

A mitad de la tarde volvió a escribirme para obtener una respuesta, y yo le pregunté para qué quería que nos viéramos y dónde. Él me dijo que en la plaza y para charlar y conocernos mejor. Bueno, no sonaba tan mal. Entonces le dije que a las 20.

Cuando llegué a la plaza lo vi sentado en un banco, sobre una de las esquinas, con su mate y su termo. Lucía bien. Estaba prolijamente afeitado y vestido. Como preparado para una cita.

Me senté a su lado y noté que le costaba mirarme a los ojos. Hablaba bastante, de su vida, de su historia, de su madre, de su hermana. Cuando miraba hacia delante, hablaba con soltura, pero cuando giraba la cabeza y sus ojos se encontraban con los míos, quedaba tieso y le comenzaba el temblor. "¿Qué le pasa?" pensé, hasta que un momento, lo interrumpí en su relato y le pregunte si sufría de algún tipo de enfermedad siquiátrica. "Noooo", pareció sorprenderse por la pregunta. Bien, si él lo decía, por qué no creerle. Ese encuentro duró casi dos horas, ya se estaba poniendo frío, la plaza se estaba llenando de grupos de jóvenes, y el olor a marihuana me estaba empezando a dar hambre. Así que decidí que había sido suficiente para mí.

—Tengo que irme —le dije, interrumpiendo algo que me decía sobre el día del orgullo gay. Ni siquiera sé cómo derivamos en ese tema.

—Bueno, te acompaño —respondió— ¿quieres ir a otro lado?

No supe bien cómo entender la propuesta, pero definitivamente no quería ir a ningún otro lado con él. Su charla me había aburrido y vivía con su madre. Tal vez si hubiera vivido solo, no sé.

—No, quiero irme a mi casa.

—Pero podríamos…

—¿Qué?

No dijo nada y comenzó con el temblor desde ese momento y hasta que nos despedimos en la esquina de mi casa. Mientras caminábamos yo me acerqué para rozarlo levemente y medir si alguno de mis otros sentidos se despertaba, aparte del degenerado olfato. Pero no. Me daba demasiada pena verlo temblar.

Cuando llegamos a la esquina de mi casa él quiso besarme y yo lo dejé. Fue un beso casi imperceptible para mí, pero inofensivo.

Creo que a partir de ese episodio él creyó que teníamos alguna especie de relación amorosa, porque comenzó a escribirme mensajes a diario, insistiendo en vernos. Cada vez que me escribía, me enviaba fotos del lugar donde estuviera en el momento de escribir. No eran buenas fotos. Era la foto de una esquina, de un comercio, de un árbol, todas por el estilo.

Finalmente, una semana después de aquel primer encuentro en la plaza, accedí a vernos. Lo invité a caminar por una de las avenidas de la ciudad. Hablaba de política, tema en el que obviamente no me metería a intercambiar opiniones con un extraño. Solo lo escuchaba. Ya me había empezado a aburrir su monólogo, así que pensé en qué me apetecía en ese momento, le dije, sin lugar a dudas:

—Vamos a tomar una cerveza.

—Vamos —respondió.

Seguimos caminando un poco más, mi propósito era ira a un lugar que particularmente me gustaba para sentarme a beber.

Un poco antes de llegar, se detuvo en una vidriera y quedó estupefacto. Comenzó a demostrar enojo y a mover los brazos indignado. Yo miré la vidriera y no entendí su reacción. Se trataba de una boutique de vestimenta para hombres. No vi nada raro que pudiera desatar ese comportamiento. Pero él no se movía de allí y habló con firmeza:

—¿Por qué los tienen ahí? ¿Cómo puede ser tan cruel el ser humano?

Volví a mirar la vidriera y noté que había unos maniquíes que calzaban jeans de hombres y camisas. Unas palmeras artificiales y a los pies, un papel rugoso que hacía las veces de arena. Sobre ese suelo artificial, estaba repleto de patitos de goma, amarillos y de pico rojo, de esos que se ponen en las bañeras o en las piscinas de los niños pequeños.

—¿Los ves? Pobrecitos, por qué los ponen ahí, sin agua, en exhibición.

"¿Es en serio?", pensé, "no, debe estar bromeando para distender el clima".

Pero no estaba bromeando, tuve que literalmente arrancarlo de esa vidriera porque estaba tan molesto que pensé que la rompería para salvar a los patos.

Cuando llegamos al bar y nos acomodamos, le pregunté si estaba jodiendo con el tema de los patos, que eran de goma, y nos estaban vivos. Me pareció una estupidez hacerle esta aclaración, pero por si acaso.

El comenzó de nuevo con su discurso Green Peace y decidí cambiar de tema y disfrutar de la cerveza.

A partir de que el mozo puso la cerveza en la mesa el tipo dijo, al menos cada tres minutos, que era la cerveza más rica que había probado.

—Sí, ya lo dijiste —lo interrumpí en un momento, pero no pareció importarle.

La charla fue pasable, pero seguía apareciendo el temblor cuando me miraba a los ojos. Debí haber reparado un poco más en eso y en los de los patos. Pero, me dejé llevar por el dictado del olfato degenerado, y decidí omitir esos pequeños detalles.

Cuando volvimos a mi casa, sin ningún preámbulo, se abalanzó sobre mí y me apretó contra la pared. Fue como un ataque de impudicia o algo así. Comenzó a besarme y a mover sus manos con gran rapidez por todo mi cuerpo. Yo decidí seguir el juego porque se sentía bien. Lo llevé hacia detrás de la escalera, para no quedar tan expuestos y él, bastante excitado, se arrodilló y comenzó a olfatear mi pubis y restregar su nariz en la humedad de mi vulva. Apretado contra mi cuerpo, su naturaleza masculina se presentía muy agradable. Estuvimos un rato en ese franeleo, hasta que de pronto lo detuve, debido a una ráfaga de raciocinio que me recordó dónde estaba. Me pareció oportuno invitarlo a mi casa, pero no en ese momento. Otro día.

Así quedamos.

Siguió escribiéndome como antes, cotidianamente y en varios momentos del día.

Mientras tanto puse un poco de cabeza en el asunto. Pensé en los temblores, en los patos, en que vivía con su madre y que tenía 41 años. Luego comparé eso con la excitación que sentí debajo de la escalera, su cabeza entre mis piernas, su olor; le escribí y le dije que viniera el viernes.

Preparé todo con el fin de que fuera una buena noche, sin interrupciones. Compré un buen vino, para darme un gusto. Realmente sabía que me vendría bien una noche de disfrute primitivo, de naturaleza en diálogo, de cuerpos encontrándose y buscando el lenguaje común.

Llegó en hora. Antes de eso me escribió cuando se iba a bañar, después de haberse bañado, cuando salió de su casa, cuando estaba a diez cuadras de mi casa, cuando estaba a tres cuadras, cuando veía mi casa desde la esquina y cuando llegó. En hora.

Lo invité a pasar, nos acomodamos en el sillón del living. Yo había dejado preparadas las dos copas y el vino.

Comenzamos a charlar distendidamente, vino mediante, aunque por momentos interrumpía la charla y decía, casi como un mantra:

—Qué cerveza.

Estuvimos más del tiempo que yo hubiera deseado en esa charla corriente. Hasta nos tomamos fotografías, no sé por qué ya que no es una práctica que yo acostumbre a hacer.

En un punto decidí que ya era suficiente y lo invité a ir a mi cuarto.

Cuando estuvimos allí, me acerqué para besarlo y recomenzar lo que, a mi juicio, había quedado pendiente en la escalera, pero él apenas respondió y se apartó para desvestirse. Yo me quedé mirándolo sin entender su actitud, al mismo tiempo que trataba de pensar en la diversidad y en que no todos actuamos de la misma manera en circunstancias similares.

Una vez que se desvistió se tiró sobre la cama. Solo se había dejado las medias puestas, que le llegaban hasta la mitad de las pantorrillas.

Ahí estaba, desnudo, sobre mi cama. Y yo parada enfrente sin tener idea de qué hacer a partir de entonces.

Me quité los zapatos y me acomodé a su lado. Él me miró, puso sus brazos detrás de su cabeza, y quedó allí. Parecía que estaba esperando que yo hiciera el trabajo.

Recordé lo que me llevó a esa situación incómoda, y comencé a olfatear su cuerpo. Recordé el episodio de la escalera y tomé sus manos y las puse sobre mi cuerpo.

Miraba ese cuerpo desnudo, todo depilado, con duros pelos nacientes que poblaban su torso y con ese trozo de carne muerta entre sus piernas, y pensaba en los patitos.

Finalmente decidí aprovechar la situación si es que le encontraba algo de aprovechable. Y comencé a llevar las riendas de la cosa.

No me quité toda la ropa porque me di cuenta de que no haría la diferencia y trabajé para lograr que el hombre se excitara.

No me costó mucho trabajo.

Él se incorporó y buscó en su pantalón una caja de preservativos. Se colocó uno en su pene y otro en una de sus manos.

—¿Qué haces? —le pregunté.

—Déjame y cállate —me respondió, con el temblor instalado ya de forma permanente en su cara.

La mano con preservativo era la que tenía el permiso para tocarme. Y lo otro con preservativo, era para penetrarme. Lo intentó. Pero a esa altura ya no existía el mínimo deseo en mí de estar con ese tipo.

Creo que su cuerpo sintió mi rechazo porque la erección le duraba poco, iba y venía. Y la mano con preservativo, era una mano inútil, que en lugar de dar placer daba repugnancia. Así estuvimos un rato, sin poder encontrar un mínimo indicio de diálogo corporal hasta que interrumpí, parándome abruptamente:

—No me toques, no quiero seguir con esto. Quiero que te vayas.

Me retiré hacia la cocina y me puse a cocinar una pizza.

A los pocos minutos él estaba sentado a la mesa, como si nada.

—¿Qué te pasa? ¿Qué haces acá todavía? ¿Acaso querés que te dé pizza también?

—Sí —respondió sin ningún titubeo.

Terminé de cocinar, serví la pizza y cuando me senté frente a él le dije:

—Lo que paso recién fue asqueroso. No puedes ponerte un preservativo para tocar a una mujer. No sabes qué hacer en la cama. ¿Acaso nunca estuviste con nadie antes? ¿Tienes un problema siquiátrico?

—Ya vamos a mejorar —contestó como si nada, mientras el temblor de su cara empeoraba.

—En serio, yo creo que tenés alguna patología. No sé cuál porque no soy doctora, pero algo no está bien en vos. Temblás cuando me mirás a la cara.

—Es cansancio muscular porque estuve entrenando, hago ciclismo —respondió muy calmo.

—¿Te gustan las mujeres?

—Sí, claro. Pero cuido la higiene, porque el sexo es algo sucio.

—No, definitivamente no tenemos nada que hacer juntos. Comé tu pizza y te vas.

—Vamos a mejorar de a poco —insistió.

En ese punto ya tenía cansancio mental, así que decidí cortar la charla allí y esperar a que comiera sus trozos de pizza y se largara.

Una vez que se fue, me sentí aliviada, me di una larga ducha, me reí sola, bastante. Y pensé en que solo había sido una mala experiencia y que bastaba con no volverlo a ver y ya.

Unos días después comenzó a escribirme de nuevo. Yo ya había borrado el número pero reconocí su foto.

Al principio pensé en no responderle más, pero luego me vino un brote de humanidad y pensé en que tal vez realmente era una persona con problemas y una charla podría reconfortarlo.

Las charlas por mensajes siguieron como si nada, el envío de fotos, y el pedido, en ocasiones de volvernos a ver, al que yo, obviamente, eludía con excusas.

En esos días me fui por dos semanas a trabajar a otra ciudad. Me quedaba en un hotel y le había comentado que me iba, como parte del conjunto de excusas que le había dado para no verlo. Una de las noches en el hotel recibí un mensaje que decía:

—¿Puedes comprar lencería negra y blanca? —era de Sergio.

—¿?????? —Fue mi respuesta.

—Sí, yo creo que si usas lencería de encaje, bien sexy, nuestra relación va a mejorar —recibí del otro lado.

Primero me tenté de risa. Luego caí en la cuenta de que en verdad ese hombre no estaba nada bien.

—¿Por qué no te comprás vos lencería? —le respondí.

—Porque ahí donde estás ahora hay sex shop y venden cosas que están rebuenas —me escribió.

No insistí, y seguí con la actividad que interrumpí por sus mensajes. De a ratos me reía sola. De a ratos me preocupaba.

No le respondí sus mensajes en el resto de los días que estuve de viaje.

Cuando volví recibí nuevamente su mensaje, esta vez preguntándome si había comprado la puta lencería.

Le respondí que no y que no había nada entre nosotros, que no volveríamos a vernos.

No me contestó nada, así que me quedé tranquila y seguí con mi vida cotidiana.

Yo sabía, porque él me lo había dicho en la primera cita, que se iría a trabajar a un balneario durante los tres meses del verano.

Ni bien empezó la temporada empecé a recibir fotos y videos suyos mostrándome los paisajes por los que andaba, el mar, las dunas, los árboles. En lo videos me iba haciendo una descripción de lo que estaba viendo. Entonces volví a responder a sus mensajes, porque me parecía muy antipático no decir nada. Así que le contestaba que bueno, que lindo, que disfrutes.

En enero, yo me había ido a pasar unos días a la casa de una amiga, en Piriápolis. Ella se había comprado ese apartamento en la playa a insistencia mía, así que lo mínimo que podía hacer era pasar unos días con ella en ese pequeño paraíso.

Ya le había contado sobre el episodio con este hombre, y nos habíamos reído, tiradas en el piso, de los acontecimientos, del preservativo en la mano, de los patitos. Así como nos habíamos reído de otros tantos acontecimientos vividos por ambas.

En una de esas charlas, riéndonos de eventos de nuestras vidas, recibí un nuevo mensaje de Sergio. Me enviaba otros videos y me preguntaba dónde estaba. Yo le respondí la verdad, y él me escribió:

—Ya que estás ahí puedes aprovechar a hacer ejercicios.

—¿Ejercicios? —le respondí, mientras llorábamos de risa con mi amiga Lau.

—Decile que te diga qué tenés que hacer —me decía

ella, riendo a mi lado.

—Si tú me orientas, podré hacerlos. ¿Con qué quieres que empiece? —le escribí.

—Con abdominales.

—Bien, y cuántos.

—Doscientos cincuenta —escribió.

Conversamos con Lau sobre lo ocurrido y sobre la locura de este tipo, pero decidimos divertirnos un poco más. Era un momento en que nuestra consigna era pasar unos días liberadas de toda presión, en la playa, así que nos venía bien todo lo que nos divirtiera.

Al otro día, le escribimos a Sergio y le dije que ya había logrado cumplir la primera meta de los doscientos cincuenta abdominales.

El me respondió, imaginé que contento:

—Muy bien!!!!! Ahora tienes que salir a correr.

Como si alguien bajara un interruptor, se me terminó la paciencia en ese preciso instante, la pizca de humanidad, la compasión... y sin ni siquiera razonar la respuesta le respondí:

—Y vos tenés que conseguirte un laburo, dejar de sangrar a tu madre de ochenta años y hacerte tratar, pedazo de enfermo!

Los patitos volvieron a su sitio.

16. Juguetes

Lo esperaba desde hacía mucho. Tenía mis fantasías, pero solo me permitía pensar en ellas en la intimidad de mi vida a solas. Ninguno de los hombres con los que me vinculé tuvo intención de conocerlas. Alguno, sí, me hizo conocer las suyas. Pero parece ser que es inadmisible que una mujer pueda tener deseos sexuales, mucho menos fantasías. En general las mujeres solo cumplen con los apetitos de su hombre, algunas incluso, nunca han llegado a disfrutar realmente de su cuerpo, de sus ganas, de sus deseos más ocultos. La mujer presta su cuerpo, y a veces, logra algo de placer a cambio. Eso es lo que sucede en general. Incluso los hombres son los que manejan la situación. Lo recuerdo en mí misma, pero también en las tantas historias que compartimos entre nosotras, cuando charlamos sobre estos temas.

He oído mujeres decir con pesar "hoy me toca" refiriendo a que deberá complacer a su hombre, con lo que eso implica, incluido hacer cosas que no le causan placer, por el contrario, a veces dolor, repugnancia, humillación. Es una realidad más que frecuente, lamentablemente.

Por mi parte, he vivido experiencias de este tipo, pero no las elijo, y ni bien percibo que de eso se tratará la relación con un hombre, solo me largo. Siempre tuve claro que el sexo es un diálogo. Y en un diálogo ambas partes tienen algo que decir. Se trata de dar y de recibir con absoluta capacidad de entrega.

Cuando los cuerpos hablan, el resto, todo el resto, debe hacer silencio.

Pero no siempre es fácil, más bien bastante complicado.

Cuando intenté alguna vez tener la confianza suficiente para decirle a alguien cuáles eran mis más íntimos deseos, recibí risas y bromas como si no fuera cierto, como si no fuera posible, que yo, una mujer seria, pudiera desear mucho más que el sexo convencional, quisiera buscar otras sensaciones que no se limitaran al coito.

Estaba en su ciudad y recordaba a H. Ese exquisito bocado. Sabía que no debí dejarlo ir o no debí irme. En ese momento pensaba en él y me veía a mí misma como un vampiro insaciable por esa sangre joven que me devolvió vitalidad desde el primer encuentro. Pero no estaba. No estamos. Y los prejuicios fueron más fuertes que nuestra atracción incontrolable hacia el otro. H no estaba.

Así que ahí me encontraba en ese momento y me puse a pensar en Diego. Él es el único hombre que se atrevió a hablarme de sus fantasías cumplidas y por cumplir, que quiso saber sobre las mías, con total libertad, sin asombrarse o burlarse. Él quiso saber y tuvo también la intención de que pudiéramos cumplirlas juntos. De hecho, hasta soñamos, por un instante, que tal vez la vida nos había vuelto a encontrar para que recorriéramos juntos el camino por venir, procurando hacernos bien, ponernos a disposición del otro para disfrutar de nuestro ser mujer y ser hombre, como nos diera la gana, y cuidándonos entre nosotros. La idea me sedujo bastante.

Él fue el primer hombre que conocí. Pero luego nuestras historias fueron por caminos muy distintos. Sin embargo, ahora nos encontrábamos, otra vez, y surgía la expectativa de que tal vez, él y yo, podíamos dedicarnos algo de tiempo y algo de atención en un alto en el camino en el que no existieran los prejuicios ni los temores ni la humillación, solo los más fuertes e intensos deseos de sentirnos vivos.

Estuvimos hablando durante unas semanas previo al encuentro, con contactos diarios que eran cada vez más excitantes. Nos escribimos relatos sobre nuestras fantasías, que intercambiamos. Él dejó salir lo mejor de sí, lo que lo hace especial: su mezcla perfecta de perversión y ternura convertida en una increíble capacidad de seducción. Es un hombre que logra lo que quiere y a quien quiere.

En esas charlas hablamos de probar varias cosas, juntos. Entre ellas, hacer intervenir objetos en el acto sexual. También personas. A él le excitaba bastante imaginar que buscaba todas las maneras de saciarme, de extasiarme, de hacerme perder el control. A mí igual.

Quería hacerlo todo con él, sin límites. Lo esperaba ansiosa.

Cuando llegó, se puso detrás de mí, y comenzó a frotarse contra mi cuerpo, hambriento. Sus manos recorrieron mis pechos, mi abdomen. Su lengua reconoció el sabor de mi piel. Mi cabello cayó sobre su cara, y él lo apartó, jalándolo suavemente, mientras sentí entre mis glúteos como su pene comenzaba a tomar presencia, a endurecerse. Yo tenía prisa por sentirlo dentro de mí, pero él se tomó su tiempo. Introdujo sus dedos en mi vagina, totalmente humedecida, y yo sentí el deseo que me nublaba la mente. Luego me lanzó a la cama y tomó uno de los juguetes que había preparado para la ocasión, comenzó a frotarlo por mi cuerpo, como dibujado mi geografía y finalmente lo introdujo en mí, despacio, como si disfrutara ver la escena. Sentí tal grado de excitación que necesité sentir su sabor en mi boca. Tomé su pene y lo acerqué a mi cara, mientras el movía el vibrador dentro de mí. Besé con voracidad su sexo. Lo degusté, me reencontré con él. El objeto que me introdujo fue aumentando en mí el deseo de experimentar la sensación del orgasmo, pero lo controlaba, porque quería que fuera una experiencia que viviéramos juntos, al mismo tiempo. Entonces le pedí que me penetrara. Quería sentirlo dentro de mí. Mío.

Lentamente comenzó a recorrer el espacio. Primero una leve entrada que sentí tibia y contundente. Luego comenzó a entrar más y más hasta que lo tuve totalmente dentro de mí. La sensación era increíble, una sensación de estar absolutamente tomada, por todos lados, llena. Sentía que iba a explotar en un orgasmo inacabable, pero seguí manteniendo el control. Todo mi ser estaba colmado. No quería que aquello se terminara. Él gemía de placer. Me tomó del cabello, me dijo algo al oído, y fuimos encontrándonos en un mismo ritmo exquisito. "Dónde la quieres", preguntó jadeando. "En la boca". Y mientras llegaba a la cima, sentí su pene hincharse y sabía que venía la eyaculación ansiada. Rápidamente retiró su pene de mí y lo colocó frente a mi cara, y mientras gritaba de placer orgásmico abrí la boca y extendí mi lengua para sentir caer su semen caliente en mi cara, en mi boca, en mi cuello, disparado como un volcán, todo para mí, para terminar de alimentarme.

Una vez en calma, charlamos largo rato, tirados en la cama, abrazados, acariciando nuestros rostros y nuestras manos con la yema de los dedos, práctica que siempre hemos disfrutado. Hablamos de nuestras vidas y le conté que escribiría un libro sobre los hombres de mi vida. Le encantó la idea y quiso saber más, así que le perfilé la idea lo que lo entusiasmó bastante:

—Supongo que estaré en ese libro, amor —expresó sonriendo.

—Vas a tener un lugar de privilegio, como siempre, como en mi vida.

—Es increíble como a pesar de que pase el tiempo, y hayamos vivido tantas cosas cada cual por su lado, nada cambia entre nosotros. Seguís siendo mi chiquita. Solo nosotros lo sabemos, no sé si alguien podría entenderlo —agregó.

—Tal vez no importa que alguien lo entienda, Diego —le respondí serenamente— solo que nos permitamos vivirlo.

—Quiero ser el primero que lea ese libro.

—Claro, lo serás, en todo, siempre vas a ser el primero.

—No quiero que esta noche termine, Lira, te adoro —dijo besándome tiernamente— no quiero volver a mi vida sin vos.

—No, mi amor, nuestra noche nunca va a terminar

—"Este es el único juego que no voy a terminar", pensé sin decirlo.

17. La invitación

Antes del encuentro con Diego, a partir del cual habíamos acordado comenzar a cumplir nuestras fantasías más ocultas, estuvimos enviándonos cartas de cómo imaginábamos el encuentro, los relatos que mencioné antes. Nos habíamos conocido hacía treinta años, y en el transcurso de ese tiempo, en varias ocasiones habíamos vuelto a estar juntos. Todos eran reencuentros. Fuimos y somos eternos reencontradores, como si habitáramos en un mundo cíclico en el que siempre hay un camino que nos lleva al otro. Sin embargo ninguno de los dos, propuso nunca quedarnos. Lo que es un hecho, que ni él ni yo ponemos en duda, es que nos conocemos como nadie, y que nos gusta más que nada en el mundo todo tiempo compartido, que atesoramos cada uno de nosotros en su memoria, y ambos en una memoria común en la que cada tanto, nos perdemos y encontramos.

Unas noches previas al encuentro más reciente que tuvimos, en ese juego de enviarnos cartas, él me escribió:

"Nuevo reencuentro... otra fantasía de muchas...
Hace una vida que no nos vemos... hace muy
poco que volvimos a "encontrarnos"
Contacto que nos removió recuerdos, sentimien-
tos y deseos que nunca se perdieron... simple-
mente fueron camuflados por la distancia y el
tiempo.
Con el contacto asiduo comenzaron a aflorar to-
das esas sensaciones y deseos con más fuerza, es-
pontaneidad y sinceridad que nunca... sabiendo
que tenemos que aprovechar al máximo el posi-
ble tiempo que tengamos para demostrar lo que
sentimos y queremos.
Ese mismo tiempo que pasa volando, que no nos
alcanza durante el día... pero que nos lleva a
estar pensando siempre en el otro, pensamiento
que nos alegra, emociona e impulsa a llegar a la
noche, a pesar del cansancio y desgaste diario,
para poder sentirnos un poco más cerca mientras
hablamos.
Es tanto el deseo y las ganas de ser nosotros
mismos y poder sacar todooo lo que sentimos,
fantaseamos e imaginamos con toda la libertad
del mundo (dada la confianza que nos tenemos
justamente porque nos conocemos, sabemos lo
que da cada uno y sencillamente porque ambos

sabemos que somos almas gemelas depravadas, jaja pero con los mismos gustos y códigos que el resto del mundo no tiene ni entiende) sin trabas, miedos ni vergüenzas.

Vamos a pasar la noche juntos.

La idea es continuar cumpliendo nuestras fantasías (de las muchas que tenemos y queremos juntos) y comenzamos por una simple, la cual me comentaste… sentirte atada y entregada al máximo y a lo que sea.

Después del hermoso y ansiado reencuentro, de charlar, reírnos, beber algo, cenar y tomarnos nuestro tiempo… decidimos dar paso a la lujuria.

Luego de tenerte totalmente desnuda frente a mí, con tu ayuda y con cintas que previamente tenías en el hotel… comenzamos a atarte a la cama… Y vendarte los ojos…

Con toda tu entrega, sumisión y totalmente abierta para mí, dispuesta a todo y lo que sea (por la confianza que me tienes y porque sabes que toda la vida te cuidé y voy a hacerlo siempre).

Comienzo a observarte.., para muy lentamente empezar a hacerte sentir la respiración, hacerte estremecer de placer y que vayas sintiendo los orgasmos que únicamente yo te hice sentir con tan solo tocarte.

Sigo besándote suavemente... muy suavemente por todo tu cuerpo.... Tu boca, tus senos, tu ombligo y descendiendo cada vez más y más... Mmmmm.

Cuando ya no das más y empiezas a retorcerte de gemidos y placer... Sólo para que aumentes esas ganas incontrolables... te doy a probar mis jugos en la boquita, esos jugos y ese pene que tanto te gustó siempre y te enloqueceeee... Pero sólo probar...

Sigo jugando con tu sexo y disfrutando con sólo verte suplicar... Y es cuando preparo uno de los juguetes que te llevo de sorpresa para cumplirte otra fantasía... mmmmm

[..]

Me enloqueces mi amor, sabes cuáles son mis debilidades... shhhh.

Quedamos ambos rendidos de placer y amor, y así dormimos el resto de la noche protegiéndote, mimándote y haciéndote sentir segura como sólo conmigo lo sentiste.

Te adoro mi amor y esto recién comienza...

Yo, tu gran amor".

18. Yo, hombre

Las evidencias han dejado claro que, al menos el componente de compra-venta de la conquista, no lo desarrollé, así que en ese sentido podría ir descartando lo de "actuar como hombre" o "parecer un hombre". Sin embargo no me gusta tomar conclusiones tan a la ligera. Ya aclaré que me tomo a pecho todos los juegos, incluso el juego retórico de reescribir las historias que dicen sobre mi vida de relación, para lograr un entendimiento más acabado del tema.

Hace unos diez años, tuve un compañero de trabajo —otro— que era espectacularmente gay. Lo digo así, porque no tenía que ver con su orientación sexual y mucho menos con su identidad de género, sino con su actitud hacia el afuera. Sentía la necesidad de estar en todo momento imponiendo su existencia histriónica en las reuniones de trabajo, por los pasillos y sobre todos en los momentos en que se encontraba con sus colegas de oficio. De alguna manera necesitaba reinvindicarse o mostrarse en todo momento, aun cuando, de acuerdo a mis observaciones, no recibía ningún tipo de ataque, ni siquiera desde la indiferencia. En ese ambiente laboral, al menos, a nadie le importaba —en apariencia— lo que cada quien hiciera en su intimidad. Pero a él le gustaba decirlo. De manera que en cada oportunidad que encontraba, contaba, excitado, sobre fiestas descontroladas entre hombres. Yo estaba ahí y escuchaba, pero no era un juego en el que me interesara participar. Teníamos un vínculo cordial, como con el resto de los compañeros y compañeras de trabajo. Es verdad que me llamaba bastante la atención su necesidad de recordarnos cada día, a cada momento, que era gay. A veces pensaba que había algo detrás de esa necesidad casi incontrolable, nadie más se presentaba ante los otros diciendo que era esto o aquello, en términos sexuales. Simplemente éramos compañeros de oficio, el resto de la información no venía al caso, al menos para mí. Justamente esto último es lo que a él parecía molestarle sobremanera. De hecho, si bien demostraba simpatía hacia mi persona, creo que le molestaba bastante mi simple existencia. Al poco de tiempo de conocernos, empezó a hacerme preguntas, delante de los demás, que ciertamente estaban fuera de lugar.

—¿Y vos qué? —me decía, con insistencia— ¿Qué onda? ¿Te gustan los machos o las hembras?

—Yo no hablo de mi vida íntima, Ezequiel —le respondía, y seguía con lo que estuviera haciendo. Esa respuesta no lo convencía, y cada fue poniéndose más y más insistente y agresivo.

—A vos te gustas las mujeres, decí la verdad, confesá. Salí del closed —decía a viva voz.

Yo le restaba importancia, al principio, y nadie en la sala se hacía eco de su insistencia por saber sobre mis preferencias sexuales. Mis compañeros siempre me respetaron porque así debía ser, el vínculo nuestro era un vínculo estrictamente laboral. Supongo que a él le molestaba la falta de datos respecto a mi persona. O no sé bien qué.

—Tenés terrible cara de que te gustan las minas —decía a veces— o debés ser terrible fiestera y le entrás a lo que venga.

—¿Cuál es tu problema conmigo? ¿Te gusto? —le respondía yo a veces, para distender el ambiente, y no quedaba otra que cambiar de tema.

En una oportunidad, estábamos en una reunión importante, y en un momento de descanso, me miró fijamente, y de la nada me dijo:

—Te digo algo, Lira, si yo te veo en la barra de un boliche, te cargo, pensando que sos un hombre. Sos un hombre, no parecés una mina —expresó como si nada, en el medio de risas y el asombro del resto de los presentes. No iba a responderle, pero me había puesto en ridículo, así que decidí hablar en su lengua, para ver si surtía efecto y dejaba de molestarme:

—Tu problema es que vos querés ser yo, querés tener un par de tetas y un cuerpo de mujer, y no podés, pero tranquilo, aunque quieras levantarme en esa barra, no sos mi tipo.

Fue como un balde de agua fría para él, los colores se le subieron al rostro rubio, y quedó mordiendo rabia. No dijo nada más pero yo sentí su ira en el ambiente como si lo cubriera una atmósfera de aire enfurecido que apenas podía contener.

Durante unos días se limitó a saludarme y evitó sus comentarios respecto a mí. A veces decía cosas como al pasar, pero ya de manera más generalizada, aunque yo sabía que su tema era conmigo: "Las calladitas son las peores… ya se van a caer las caretas". "Si un día llueven penes, algunas abren el paraguas". Y otras cosas por el estilo que ahora mismo no recuerdo con exactitud. Por mi parte, desestimaba sus comentarios agresivos, porque en última instancia lo apreciaba y sentía que algún problema tenía consigo mismo que lo veía reflejado en mi presencia, pero como estaba segura de que no le había causado ningún daño, le resté importancia.

El punto de inflexión fue una mañana temprano, mientras estábamos reunidos con un grupo de compañeros realizando un trabajo. Él permanecía extrañamente callado, y se veía triste. Con la ausencia de su voz y su histrionismo, el ambiente se notaba enrarecido. Así que en un momento, sentí deseos de preguntarle:

—Ezequiel, ¿estás bien? ¿Te pasa algo? —le dije en tono bajo, casi al oído.

—¡¿Qué si estoy bien? ¿Qué si estoy bien?! Noooo, como la mierda estoy —comenzó a gritar— me acaba de dejar Julio, me dijo que se va y que no quiere saber más nada conmigo. ¿Te parece que puedo estar bien?

—Lo lamento, no sabía —le respondí tratando de tocarlo en el brazo para trasmitirle algo de calma, pero reaccionó más violentamente aún.

—¿Qué vas a lamentar? ¡No lamentas nada! Porque todo es tu culpa, todo es tu culpa. Por vos llegué a esta situación. Y ahora ¡todo es una puta mierda, este trabajo de porquería, mi vida, todo! Vos, vos, ahí. ¡Me arruinaste la vida! —me gritó a la cara, a pocos centímetros de distancia.

Los presentes intentaban calmarlo, pero era una bestia enfurecida, y sin entender por qué, yo era el blanco de su furia. Nadie lo entendía, todos sabían cómo era nuestro vínculo. Todos oían los comentarios que él me hacía y las preguntas fuera de lugar, y mis respuestas y mi actitud siempre ecuánime.

Me retiré del lugar, porque más allá de que sentí una gran pena por verlo así, y no poder calmarlo y explicarle que no tenía nada que ver, que no sabía a qué venía esa culpa que me atribuía, estaba agrediéndome fuertemente, y aquello no era algo que ni yo ni ninguno de los presentes tuviéramos que vivir. Decidí poner el asunto en manos de las autoridades de nuestro trabajo para que intervinieran y me evitaran volver a vivir una situación como esa, que no tenía explicación, sencillamente no la tenía.

Por varios días fue el tema de conversación entre la gente de aquel lugar, todos tratando de entender qué le había pasado a Ezequiel, por qué había actuado así conmigo que era una persona que, literalmente, nunca me metía con nadie. La cuestión fue que, después de ese incidente, no volvió a verse por allí. Supe más tarde que había solicitado un traslado a otra ciudad y que no se reintegraría hasta que se lo otorgaran.

Si bien puede parecer sencillo, porque "el problema" ya no estaba, a mí la situación me afectó bastante, porque no terminaba de saber por qué le había provocado esos sentimientos tan dolorosos y esa ira. La idea que me quedó resonando es la de que para él yo era un hombre, me veía como un hombre, aunque cualquiera viera una mujer al mirarme. Pensé que tal vez todo hubiera sido distinto si le hubiera dicho que sí, que era un hombre, pero tampoco tenía que decirle nada, a mi juicio.

Con la sentencia de unos cuantos años de "actuás y parecés un hombre" y el episodio con Ezequiel, me llegué a preguntar, qué es lo que ven en mí los demás, es decir, qué muestro para el afuera que habilita a los otros a decirme estas cosas, porque sí, sin que yo pregunte "¿cómo me ves?" o "¿qué parezco?" y menos que menos "¿qué soy?", me lo dicen igual.

Entonces, ¿qué significa exactamente actuar, parecer, ser un hombre? Y ¿qué significa eso, concretamente, en una existencia de mujer?

Como referencia para evaluar estas cuestiones tengo como parámetros, los hombres de mi vida, los hombres con los que me vinculé, con los que compartí juegos.

El maestro, un tipo al que yo admiré desde el primer momento y me hizo sentir visible durante tanto tiempo, y luego me confesó que me veía como un objeto sexual cuando tenía diez años, y que había interpretado mi cariño por él como deseo, con diez años. No, me parezco a él.

El viejo de Dibujo, que siendo joven, era un pervertido que abusó de su poder para ponerme en situación de sentir una de las formas del miedo más terribles que he vivido y cuya maldita presencia, proyectada en sus ojos, me persiguió durante años, haciéndome sentir vergüenza y culpa. No, no soy un hombre.

Nacho, el adolescente que solo estuvo ahí, para cantarme desinteresadamente, esperando algo que nunca iba a suceder, enamorado, ilusionado sin ilusiones, pero persistente. Estar y solo estar. Hacer bien y nada más que eso. Muy joven para pensarlo hombre pero más noble que ningún otro. Jugando limpio, sin hacer trampas. Tal vez en algo pueda parecerme a él, pero no identificarme. Eso de estar, no, lo siento, me estoy yendo.

Diego, y su manera de amar, sin compromiso, su juego pasional y libre, su seducción irresistible, del que aprendí el significado de la palabra amor. Siempre ahí, esperando el reencuentro, durante treinta años, sin que nada cambie, sin que absolutamente nada se degenere, con un amor que es carne y es deseo incontrolable, y es dedicación y conocimiento total de sus formas de sentir y mis formas de sentir. Tal vez en este caso, nos parecemos tanto, que no hay hombre o mujer, solo nosotros.

Ale, sus ojos océano, su infinita desprotección que deviene en ira contra sí y contra todos. Su capacidad de amar intensa y posesiva en forma de violencia. Su necesidad de poseer para sentirse en calma, una calma que nunca se completa. Su cuerpo fuerte e imponente, que sobresale en toda multitud y su soledad infinita rogando ser vista. No, no quiero poseer a fuerza de imponerme, no quiero hacer daño, no quiero exigir a nadie que se quede conmigo a como dé lugar. No soy hombre.

Luis, el tipo que perdió un testículo y que tal vez se sienta desvalido por ello y cree que una mujer debe aplicar, pasar pruebas extremas para ganarse su afecto, como si acaso valiera algo. Capaz de matar, capaz de dejar morir. Imposibilitado para pensar en alguien más allá de sí mismo, imposibilitado para sentir agradecimiento por el simple hecho de que alguien haya estado con él compartiendo un tiempo, que alguien lo haya escuchado. Un tipo que se jacta de lo que no es. Bueno para nada. Sin siquiera pensar en el placer del otro, y no sé si en el propio. Tal vez sí, en caso de que su fuente de placer radique justamente en un lugar en el que las miserias quedan expuestas como llagas, a su vista. No, no soy hombre.

Martín, sensible y amoroso. Dedicado a los tiempos compartidos, con gran capacidad de dar sin pedir ni esperar nada a cambio. Solo dar, darse, en cuerpo y en alma. Pero contenido por unos demonios interiores que no logra comprender ni manejar y desea callar, a como dé lugar. Avergonzado de cómo siente. Pidiendo siempre perdón, por existir, solo por eso. Pidiendo perdón por sentir y por temer la mirada que le viene de afuera. Preso de sí mismo. No, no soy hombre.

Sergio, definitivamente no puedo pensar en él como hombre. No sentir el deseo de tocar, besar, amar a una mujer. Percibirla con todos sus sentidos. Recibirla en su cuerpo. Conocer cada espacio, cada momento de goce, cada punto de placer. Oír sus latidos, beberla íntegramente, saborearla. Dejarse amar. Entregar sus formas al juego del deseo, derramarse sobre el cuerpo de alguien, fundirse en ese cuerpo. Amar los olores, los sabores, los sonidos de una mujer. Adorar las caderas que dan vida, enredarse en esas piernas como en un monte húmedo, ser libre, sentirse totalmente libre cuando hablan los cuerpos. Dejarlos decir. No, si no es así, no soy hombre.

Pablo, potente y vanidoso. Venido a menos por su historia de vida de perdedor que no se entera de lo que va perdiendo. Creyéndose siempre el payaso de la fiesta por un triste aplauso falso. No soportar que una mujer le diga que no la satisface, pero querer quedarse, rogando quedarse en algún sitio, tal vez para tener un público más permanente y no tener que estar convenciendo siempre de lo bueno que es en lo que crea él que es bueno. Talento desperdiciado por soberbia. No soy hombre.

Andrés, sin género. Su existencia perturbadora que roba noches sin hacerse presente. Estando sin estar, sin tener capacidad de estar. Pero querer y no. No atreverse a sentir, ni a hacer sentir nada a nadie nunca. Como un árbol, erguido en un monte creyendo que distingue del resto. Haciendo cosas para distinguir pero incapaz de moverse de ese sitio, para ningún lugar. Inerte. Muerto en vida, su juventud muerta en teorías enajenantes que no le permiten disfrutar de encontrarse en un juego con otro. Jugando solo en un cuarto oscuro y sin juguetes. No, no soy un hombre.

Pequeño H, hombre-niño. Libre de prejuicios y de apariencias. Un mundo hecho para ser amado y para amar. Complaciente, complacido, agradecido. Capaz de llorar de emoción, capaz de entregarse completamente al diálogo cuerpo y alma. Y saber hacer silencio para disfrutar esa lengua. Un torrente de agua limpia cayendo consistentemente sobre suelo árido. Agua de la que puedes beber sin temor alguno. De la que yo quisiera que todos beban. Capaz de dejarse ver entero, sin tabúes, sin vergüenzas, sin culpas, solo instinto e intuición, pasión y entrega. Fuera del tiempo. Atemporal y etéreo. Único y libre. Quisiera ser un hombre, ese hombre.

Los otros, la multitud cegada por la lujuria. Enloquecidos en el ritmo salvaje y excitante del instante que se escapa. Aprovechando las circunstancias. Jugando sin trampas pero con reglas. Enceguecidos, excitados, sedientos, dispuestos, todos, enteros, todo presente, las cartas sobre la mesa y a jugar. Luego se termina la partida y nadie queda con deuda. La vida sigue, habrá otros juegos. En este punto me entra la duda, un poco hombre, capaz que sí. Que soy.